目次 Contents

honzuki no gekokujou
shisho ni narutameniha
shudan wo erandeiraremasen

《第五部　女神的化身Ⅳ》卷首彩頁

《第五部　女神的化身V》卷首彩頁

《第五部　女神的化身VI》卷首彩頁

《第五部　女神的化身Ⅳ》封面

《第五部　女神的化身Ⅴ》封面

《第五部　女神的化身VI》封面

Junior 文庫《第一部　士兵的女兒5》封面

Junior 文庫《第一部　士兵的女兒6》封面

Junior 文庫《第一部　士兵的女兒　短篇集》封面

Junior 文庫《第二部　神殿的見習巫女１》封面

Junior 文庫《第二部　神殿的見習巫女2》封面

Junior 文庫《第一部　士兵的女兒1》摺口插圖

Junior 文庫《第一部　士兵的女兒2》摺口插圖

Junior 文庫《第一部　士兵的女兒3》摺口插圖

Junior 文庫《第一部　士兵的女兒4》摺口插圖

Junior 文庫《第一部　士兵的女兒5》摺口插圖

Junior 文庫《第一部　士兵的女兒6》摺口插圖

Junior 文庫《第一部　士兵的女兒　短篇集》摺口插圖

Junior 文庫《第二部　神殿的見習巫女１》摺口插圖

Junior文庫《第二部　神殿的見習巫女2》摺口插圖

2020《小書痴的下剋上》耶誕明信片

2021年4月《小書痴的下剋上》活動特典卡

《小書痴的下剋上》廣播劇 6

《小書痴的下剋上》茶具組　羅潔梅茵茶杯插圖

《小書痴的下剋上》茶具組　斐迪南茶杯插圖

《小書痴的下剋上》茶具組　羅潔梅茵茶壺＆點心盤＆餐墊組插圖

《小書痴的下剋上》茶具組　斐迪南茶壺＆點心盤＆餐墊組插圖

《第五部　女神的化身IV》卷首彩頁草稿

《第五部　女神的化身V》卷首彩頁草稿

《第五部　女神的化身VI》卷首彩頁草稿

《第五部　女神的化身Ⅴ》封面草稿

《第五部　女神的化身Ⅳ》封面草稿

Junior 文庫《第一部　士兵的女兒 5》封面草稿

《第五部　女神的化身Ⅵ》封面草稿

Junior 文庫《第一部　士兵的女兒　短篇集》封面草稿

Junior 文庫《第一部　士兵的女兒 6》封面草稿

Junior 文庫《第二部　神殿的見習巫女 2》封面草稿

Junior 文庫《第二部　神殿的見習巫女 1》封面草稿

Junior 文庫《第一部　士兵的女兒1》摺口草稿

Junior 文庫《第一部　士兵的女兒2》摺口草稿

Junior 文庫《第一部　士兵的女兒3》摺口草稿

Junior 文庫《第一部　士兵的女兒4》摺口草稿

Junior 文庫《第一部　士兵的女兒6》摺口草稿

Junior 文庫《第一部　士兵的女兒5》摺口草稿

Junior 文庫《第二部　神殿的見習巫女1》摺口草稿

Junior 文庫《第一部　士兵的女兒　短篇集》摺口草稿

2020《小書痴的下剋上》耶誕明信片草稿

Junior 文庫《第二部　神殿的見習巫女2》摺口草稿

《小書痴的下剋上》廣播劇 6 草稿

2021 年 4 月《小書痴的下剋上》活動特典卡草稿

《小書痴的下剋上》茶具組　斐迪南茶杯插圖草稿

《小書痴的下剋上》茶具組　羅潔梅茵茶杯插圖草稿

《小書痴的下剋上》茶具組　斐迪南茶壺&點心盤&餐墊組插圖草稿

《小書痴的下剋上》茶具組　羅潔梅茵茶壺&點心盤&餐墊組插圖草稿

成為貴族的準備

香月美夜

「戴爾克、麥納德，今天我帶來了父親大人奧伯．艾倫菲斯特要給你們的兒童用魔導具。」

與哈特姆特大人結束面談後的隔天下午，麥西歐爾大人來到了孤兒院。當然他不是一個人，身邊還有好幾名灰衣神官擔任的侍從以及貴族近侍。神殿長室派來的有法藍與莫妮卡，另外還有羅潔梅茵大人的近侍菲里妮大人與達穆爾大人。羅潔梅茵大人與哈特姆特大人沒來，讓我心裡有些遺憾。

……哦哦，魔導具就放在那裡面嗎？

看見其中兩人搬著的大木箱，我正想往前踏步時，忽然有人從後面拉住我。轉頭一看，戴莉雅正神色不安地抓住我的手臂。

「戴爾克……」

戴莉雅心底可能還是反對我成為貴族吧。但是，我已經與康拉德約好了。我要得到魔導具，成為能守護神殿的貴族。聽說戴莉雅永遠也不能離開孤兒院，就是為了保護我。既然如此，我也想守護戴莉雅的生活。

「他們在叫我了，我得過去。」

今天下午麥西歐爾大人曾派人來傳話，要受洗前的孩子們留在孤兒院內待命。所以雖然大人都去了工坊，但孩子們全留在食堂裡。我撥開戴莉雅的手，與三歲的麥納德還有葳瑪一起走到孩子們前方。就算已向麥西歐爾大人道完寒暄，大家還是稍微站得遠遠的，緊緊盯著這邊瞧。還能聽見有人小聲說：「明明原本只是平民。」

「接下來要從中挑選魔導具。」

木箱被放在食堂裡的一張桌子上，蓋子打了開來。麥納德由葳瑪抱著，探頭看向箱子裡頭。但我的身高看不到箱子裡面，於是我「嘿咻」地爬上椅子，伸長脖子往箱子裡看。

只見箱子裡有好幾個手環，以及由精緻金屬與玻璃組成的筒狀魔導具，就跟孤兒院裡貴族孩子們持有的東西一樣。蓋瑞克說過，沒有這個魔導具，就算身上流著貴族的血也無法成為貴族。而蓋瑞克就是與哈特姆特大人面談時，因為魔力量不夠被剔除掉而生氣的那個男孩。他現在也還在生氣。

「這個就是能讓人成為貴族的魔導具嗎？」

「……正確地說，是用來儲存滿溢魔力的魔導具。由於小孩子還無法完美操控魔力，為了確保性命安全無虞，會以手環上的魔石吸走體內過多的魔力，就能轉移到這邊的空魔石當中。」

開口回答的，是麥西歐爾大人的近侍卡濟米爾大人。他有著淡橙色的頭髮，棕色的眼睛眼尾下垂。預計以後接任神官長一職的他，說話語氣和氣質都跟哈特姆特大人很像，是相當親切和藹的貴族。可是，他講的話很難懂。

「那如果能完美操控魔力的話，沒有這個也能成為貴族嗎？那蓋瑞克沒有魔導具也能成為貴族囉？」

「這恐怕不可能。因為必須等到進入貴族院就讀，才會學習如何操控魔力。但若不以貴族身分受洗，便不可能就讀貴族院。此外在貴族院上課時，經常要使用染上自己魔力的魔石。不知如何操控魔力的孩子，很難為了上課而去除魔石裡的雜質魔力，備好僅只染上自己魔力的魔石。」

……呃，總、總之我知道很難了。

因為與哈特姆特大人面談過後，蓋瑞克一直對我冷嘲熱諷，所以我才想知道還有沒有其他辦法，但看來他是不可能成為貴族了。

「卡濟米爾，麻煩你從中挑選適合戴爾克的魔導具。」

麥西歐爾大人的話聲讓我抬起頭來，只見麥納德手裡已經拿著一個手環了。另一名近侍只有一隻手戴著手套，正目不轉睛地在觀察手環。定睛一瞧，卡濟米爾大人也只有單手戴著手套。「這是為了不被我的魔力影響。」卡濟米爾大人輕揮戴著手套的手。

「魔導具之間還有差異嗎？」

「相容性會不一樣。每個人生來魔力都有其適性，若與魔導具互相排斥，那魔力就會往外流出，無法順利地從手環流往魔導具裡的空魔石……請你用力握緊手環，然後數到十。」

兒童用魔導具

手環與魔石籠為一組的魔導具。有意當作貴族養大的孩子，從一出生就會獲得兒童用魔導具。藉此準備在貴族院上課時會用到的魔石。
款式依製作者各有不同。

手環

會幫忙吸收體內快要滿出的魔力。
許多貴族成年後仍會繼續佩戴，以防情緒忽然過於激動。
大小會隨著手腕自行改變。

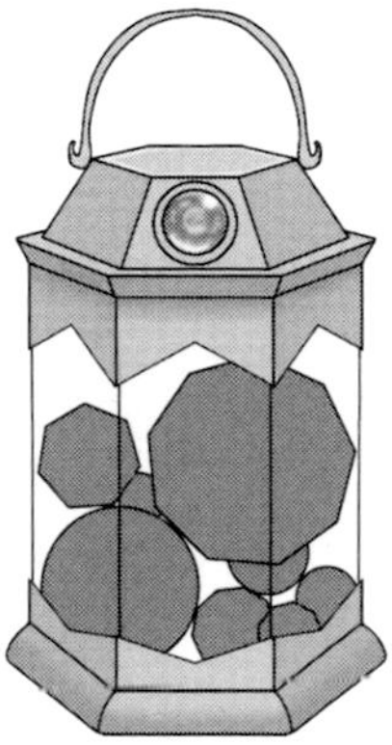

魔石籠

扣掉把手後高度約十五公分。
有著古董提燈般的外形。
漫畫版中，整體造型應該會更精雕細琢。
籠內放有好幾顆空魔石。
只要把手環上的魔石貼在頂部魔石上，儲存在手環裡的魔力便會流往籠內的魔石。
由於只接受在手環上登記過的魔力，必須每人一個。
普遍放在床邊或整理儀容的地方。

雖然整體聽不太懂，但要我數到十倒是聽懂了。「是！」我精神抖擻地回應後，照著他遞來的順序，每次都用力握緊手環上的魔石，然後從一數到十。卡濟米爾大人只是眼神認真地一直看著手環，但他到底在觀察什麼呢？

「貴族從還是小寶寶的時候就會使用這個魔導具吧？但感覺小寶寶很難抓緊手環，要儲存魔力會很辛苦吧。」

「不。一般都是使用父母或親族準備的魔導具，所以很少會有排斥的情況發生。這次是因為這些魔導具乃由中央所贈。」

「……如果一般父母或親族都會準備的話，為什麼蓋瑞克他們沒有魔導具呢？」

問完我等著答覆，但卡濟米爾大人沒有回答。

「此次能夠挑選魔導具，純粹是特例。戴爾克與麥納德的所剩時間都不多吧？若想成為貴族，你得花三年半的時間，就儲存到貴族孩童花十年時間所儲存的魔力；麥納德則要花六年半的時間。因此，這次才會拿來讓你們挑選。」

……他們花十年做的事情，我要在三年半內完成嗎?!

驚嚇過度下，我對蓋瑞克他們的擔憂一下子就被拋到腦後去。時間比我預期的還要短。我真的來得及完成嗎？

「若不能在受洗前儲存到同齡孩童的七成魔力，便無法為就讀貴族院做好準備。聽說羅潔梅茵大人願意為你們準備魔石與回復藥水，但就算有回復藥水，儲存魔力一事仍會對身體造成負擔。既然半點魔力都不能浪費，與魔導具能否相容便格外重要吧？你們要感謝麥西歐爾大人的善心。」

「是，我由衷感謝麥西歐爾大人。」

不自覺間在孤兒院受到教導的話語便脫口而出。面對貴族絕對不能違抗。這在孤兒院是最重要的一件事。

「與麥納德最能相容的魔導具就是這個了吧……卡濟米爾，戴爾克呢？」

聽見麥西歐爾大人的詢問，卡濟米爾大人看著排開來的幾個手環，回道：「雖然這實在罕見，但戴爾克似乎無論哪個魔導具都沒有問題。」聞言，麥西歐爾大人與貴族近侍們都吃驚又納悶地往我看來。

「他與任何一個魔導具都能相容嗎？為什麼？」

「咦？呃……因為我是平民孤兒？與每個魔導具都能相容是不好的事情嗎？」

「不，並無問題。只是十分罕見。戴爾克，那你使用這個魔導具吧。」

反正只要能得到魔導具，不管給我哪個都可以。「感謝麥西歐爾大人。」我恭敬道謝，收下了卡濟米爾大人所選的魔導具。

「接下來要進行魔力登記。不過，由於貴族都是出生後就會進行登記，所以我也不太清楚要怎麼做。卡濟米爾，該怎麼登記才好呢？你不是有孩子了嗎？」

卡濟米爾大人笑著對麥西歐爾大人點點頭，接著教我如何對手環進行登記。

「只要握住手環一段時間，魔石就會微微發亮，所以請在發亮前都緊握住這顆紅色魔石。登記完成後，就把手環戴在手上。不管是手腕還是上手臂都可以。貴族孩童大多會戴在手腕上，方便父母察看，但住在這裡的孩子似乎是戴在上手臂上居多。」

貝特朗他們曾說，因為在孤兒院要打掃和洗衣，還得去森林採集或去工坊幫忙，所以把手環戴在上手臂上比較方便工作，也不容易弄髒。於是我把手環也戴在上臂上。眨眼間，手環就自行縮小成了可以套住我手臂的大小。

麥納德也登記好了魔力，由別人幫他把手環套在上臂上。以後會由葳瑪或莉莉在更衣時替他察看。

「麥納德，太好了呢。」

「嗚嗚，葳瑪～」

麥納德開始在貴族們面前有鬧起脾氣的跡象。這下糟了。因為每當有小孩子哭鬧，不知為何貴族大人也常跟著心情變差。

「麥西歐爾大人，在對各位有所失儀之前，能讓麥納德先行退下嗎？」

「嗯，沒關係。他應該是累了吧。」

麥西歐爾大人頷首同意後，莉莉便帶著麥納德回到底下的房間。緊接著，麥西歐爾大人往我看來。

「戴爾克，現在你已經成功得到兒童用魔導具了。但是，之後還得通過與奧伯的面談，才能以貴族身分舉行洗禮儀式。若要在今年冬天受洗，那麼秋天會有與奧伯的面談。到時候會檢查你受洗前的努力成果，以及平常的生活態度，也會確認你對奧伯是否忠心。如果奧伯判定你不值得由他擔任監護人，即刻就會收回兒童用魔導具。」

……麥西歐爾大人明明還是小孩子，卻懂得好多難懂的詞彙喔。

麥西歐爾大人講出了一長串大人才會用的詞彙。我邊心想著「等一下再偷偷問菲里妮大人是什麼意思吧」，邊連連點頭。

「至於洗禮儀式與首次亮相的準備工作，菲里妮他們會提供協助。到時候你可以根據進度，考慮是否要與奧伯進行面談。父親大人還說如果準備時間真的不夠，你可以延後一年再舉行洗禮儀式。」

「呃……但洗禮儀式都要在七歲時參加吧？我明年就八歲了……」

「為了延長準備時間，屆時會對外宣稱戴爾克明年還是七歲。」

……明年還是七歲？這種事情辦得到嗎？真不愧是領主大人。

居然能讓人的年紀停止增加，奧伯真是太了不起了。我正想向奧伯獻上最高等級的感謝時，帶著憎恨的話聲突然從後方傳來：「平民孤兒怎麼可能成為貴族嘛。」是蓋瑞克的聲音。

「就算延後一年舉行，平民孤兒還是平民孤兒。你還是趁早死心吧。」

貝特朗等人與持有魔導具的孩子們都對蓋瑞克說的話表示贊同。麥西歐爾大人正要開口，卡濟米爾大人先是面帶微笑，同時往麥西歐爾大人前方邁了一步。

「你們可別說得事不關己。因為即便是貴族之子，若沒有親族來接走，奧伯也不願擔任監護人的話，同樣無法成為貴族。屆時，你們所持有的兒童用魔導具將被判定為對孤兒院來說不必要之物，即刻遭到沒收，而你們也將成為平凡的灰衣見習生。」

一時間貴族的孩子們都一臉茫然，彷彿沒聽懂他在說什麼。但緊接著，所有人不約而同變了臉色，按住自己的手環。

「那怎麼可以……！這是家人給我的魔導具。」

「收走魔導具也太蠻不講理了吧！」

「家人留給我的東西就只剩下這個而已了。」

……居然敢反駁卡濟米爾大人，果然大家都還是貴族大人呢。

在孤兒院，我們總會聽說一些實際在神殿裡發生過的事情，然後被告誡道：「要是敢反駁貴族大人，就算被殺也不能有半句怨言。」即便向貴族大人傾訴我們孤兒有什麼苦衷或想法，也不可能改變他們的決定。

「當初只是判定這麼做有利於在未來增加貴族人數，才破例允許你們把兒童用魔導具留在身上；但一般在進入孤兒院時，孤兒的私人物品便會歸神殿長所有。而你們的魔導具原是遭到肅清的罪犯所持有，所以本該由奧伯沒收。」

原來貴族孩子們那麼寶貝的魔導具，其實都是屬於奧伯的，不是他們自己的。而通常帶到孤兒院來的東西，不是成為孤兒院的公用物資，就是會被沒收。如果他們到時候無法成為貴族，那魔導具當然會被沒收。

……所以這就和我被送來孤兒院時，原本包在身上的布後來就成了公用的尿布或抹布是一樣的情況吧。嗯。

但比起魔導具以後會受到怎樣的處置，我更擔心卡濟米爾大人會不會突然發火、貝特朗他們會不會受到處罰，還有我們會不會跟著遭殃。

我在旁邊看得提心吊膽，然而卡濟米爾大人沒有生氣，只是微微一笑。

「若你們不希望魔導具被沒收，那便接受奧伯的面談、成為貴族即可。如果能成為貴族，魔導具就能留下繼續使用。」

……居然遭到反駁也不生氣，果然卡濟米爾大人是好人。

我如釋重負。貴族的孩子們聽到「只要成為貴族就好」，也顯得鬆了口氣，不再出聲抗議。觀察過眾人的反應後，卡濟米爾大人才後退一步，將麥西歐爾大人輕輕往前推。

「身為艾倫菲斯特的領主一族，我也希望貴族的人數能越多越好。還請擁有魔導具的人要好好努力。今年的洗禮儀式與首次亮相，會由羅潔梅茵姊姊大人與她的近侍帶頭準備。菲里妮、達穆爾，接下來就麻煩你們了。」

把接下來的事情交給菲里妮大人與達穆爾大人後，麥西歐爾大人便返回自己的房間。聽說他正忙於交接工作。

麥西歐爾大人一行人離開後，大家就各自做起自己的事。有人去工坊幫忙，有人拿出歌牌，也有人開始練習飛蘇平琴。戴莉雅與康拉德則站在稍遠的地方，默默看著我這邊。大概是覺得不要來打擾我吧。

葳瑪也向貝特朗喚道：「你不與戴爾克一起聆聽達穆爾大人他們的說明嗎？」他卻回絕道：「中級貴族該為洗禮儀式與首次亮相做哪些準備，這我比下級貴族更清楚。」

「貝特朗已經是孤兒了，怎麼能這樣說話……」

「沒關係。」

我對他失禮的態度感到生氣，達穆爾大人卻是完全不以為意，還輕輕擺手。

「畢竟他從小即以貴族之子的身分長大，與各方面都有所匱乏的你不同。況且若想趕在冬天之前受洗，你的時間實在所剩不多。若不需要我們把時間花在他身上，坦白說這真是幫了大忙。」

「要我趕在冬天之前受洗嗎？為什麼？麥西歐爾大人不是說了，要一年後再受洗也沒關係……」

明明領主大人說過可以讓我的年紀停止增加——我納悶地歪過頭。達穆爾大人用他那雙灰色眼睛認真地注視我。

「我個人認為，你最好不要拖到一年後再舉行洗禮儀式，而且要假定成機會就只有今年冬天這麼一次。」

「這是什麼意思？」

「其他貴族大多認為，提供魔導具給孤兒根本沒有必要，太浪費了。所以這些魔導具是羅潔梅茵大人為你們爭取來的，奧伯也只是同意了她的請求，願意分出一些給孤兒院裡的孩子。但等到一年之後羅潔梅茵大人離開，其他人說不定會伺機找碴，搶走已經提供給你的魔導具。」

達穆爾大人輕嘆了口氣。他說屆時羅潔梅茵大人還留在神殿內的近侍，就只有身為下級貴族的自己與菲里妮大人，萬一其他貴族的抗議聲浪太大，奧伯因此改變心意，他們根本無法與之抗衡。

「就連現在，你身邊也不是所有人都願意對你伸出援手。還有人因為自己才是貴族出身，卻沒能得到魔導具，便嫉妒著得到了魔導具的平民孤兒吧？」

達穆爾大人大概聽到了蓋瑞克的嘲諷吧。我點一點頭。

「一旦羅潔梅茵大人與哈特姆特離開神殿，一切都不會再和現在一樣。孤兒院的管理者將會換人，神殿長與神官長也會換人。到那時候，或許會有人故意放大你在孤兒院裡犯下的微小失誤，拉低旁人對你的評價。」

「這種事也太……」

「他們再怎麼年幼，終究是貴族之子，會有狡詐的一面，懂得如何操控言論。你最好別用平民的常識去思考他們的行為。其實你遠比自己所想的還要受到他們憎恨。」

突然間我對蓋瑞克他們……也就是雖為貴族出身，卻未持有兒童用魔導具的那些孩子感到害怕。不知道他們會怎麼陷害自己，這點實在太可怕了。

「若能延後一年受洗，準備起來會輕鬆許多吧。但多出來的那一年，誰又能料想到會發生什麼事？光是這一年只看神殿內部，你想想就發生了多少變化？不過一年之前，神官長還是斐迪南大人。」

達穆爾大人這番話讓我猛然清醒。他說的沒錯。短短一年的時間裡，神官長就從斐迪南大人變成了哈特姆特大人；貴族的孩子們還進入孤兒院，讓我見識到了一般的貴族大人有多麼危險。後來又因為羅潔梅茵大人要離開，本是孤兒的我忽然有機會能成為貴族。想想這些，再想想一年之後，等到羅潔梅茵大人離開，情況若又有變化也不奇怪。

「因此你若想確實成為貴族，就只有今年冬天這個機會。不管有多痛苦，都絕不能認輸。一定要牢牢記住，你只有現在這個機會。」

一直安靜聽著達穆爾大人說話的菲里妮大人，這時詫異地眨眨眼睛。

「達穆爾，你還真為戴爾克著想呢。」

「嗯，畢竟我打從戴爾克被送來神殿就認識他了。而且導致戴莉雅一輩子也不能離開孤兒院的那件事，當時我也以羅潔梅茵大人的護衛身分在場。此外，既然羅潔梅茵大人已在神殿與孤兒院建立起了一套新制度，往後有無貴族能來傳承，現在可說是關鍵時刻……我當然要盡可能提供協助。」

達穆爾大人雖是羅潔梅茵大人的護衛，偶爾也會出入孤兒院，但很少像哈特姆特大人那樣直接與我們交談，也不像菲里妮大人與勞倫斯大人那樣有弟弟在孤兒院。所以，我一直覺得他不好親近。但是，原來他從我襁褓時就看著我長大。直到這時我才聽說這件事，高興得眼眶深處一陣發熱。

……好想哭喔。

「達穆爾大人，我知道了。我一定會在今年冬天就受洗為貴族。」

「說得好。秋天奧伯會與你面談，冬天則要在貴族齊聚的城堡裡舉行洗禮儀式與首次亮相。我們先來確認在那之前要做哪些準備。」

達穆爾大人轉頭看去後，菲里妮大人點點頭說了：

「秋天面談時，主要會確認你對奧伯是否忠心，以及有無成為貴族的覺悟。但我想這些戴爾克都沒有問題。只要重複一遍你與哈特姆特面談時說過的話就好了。」

菲里妮大人面帶溫柔的微笑說完，我鬆了口氣。但是，她的臉色很快一沉。

「但問題在於貴族應該具備的教養與禮儀呢。洗禮儀式上，你得使用戒指道出貴族特有的寒暄；首次亮相上則要演奏飛蘇平琴、向神奉獻音樂。無論哪件事情，都得做到不會令奧伯蒙羞的地步。」

「飛蘇平琴……」

至今我從未認真地練過飛蘇平琴，直到葳瑪告訴我，我也許有機會成為貴族。和為了回到貴族社會、一直認真練琴的貝特朗相比，我的琴藝非常差勁。

「……兩位認為我還來得及嗎？」

「以你目前的水準，恐怕十分困難。首次亮相時大概會當眾出醜吧，畢竟你應該要具備符合中級貴族身分的琴藝。」

菲里妮大人說話時，雙眼看向正在練習飛蘇平琴的貝特朗。聽到我必須彈得和貝特朗一樣好，我感到眼前一黑。

「你們兩人都別急。總之，先拚命練習要在首次亮相上彈奏的曲子，只把那首曲子練到完美就好。這樣一來，首次亮相就能安全過關。」

「咦？」

「達穆爾，你以前都是這樣練琴的嗎?那到了貴族院不會很辛苦嗎？」

菲里妮大人皺起眉頭。只見達穆爾大人露出了有些為難的表情，左右搖頭道：

「並不是我。是以前羅潔梅茵大人曾這樣建議過另一位大人，我只是在旁邊聽到而已。而那位大人苦練了一個季節以後，首次亮相便成功過關。之後再拜託羅潔梅茵大人，請她的專屬樂師羅吉娜也為戴爾克提供同樣的指導吧。」

他說只要首次亮相能安全過關，便能爭取到進入貴族院就讀前的時間，到時候再勤加練習就好。聽到達穆爾大人說「只要努力就沒問題」，我也覺得自己一定辦得到。

「另外寒暄也很重要呢。我也花了不少時間才背好各種問候語。而且既然你以後會與貴族接觸，就必須學會各種禮儀。」

「從魔力量來看，戴爾克應該能成為中級貴族，但一旦由奧伯負責監護，旁人都會視你為罪犯之子。所以即便對方是下級貴族，你最好還是要客套有禮。要是行動時以為自己的地位更高，後果可會不堪設想。」

兩位說明，即便我到時候成為中級貴族，但比起無依無靠的罪犯之子，有時反倒是雙親健在、親族人數眾多的下級貴族更具有優勢。而且除非我一點過錯也沒有，否則即使奧伯是我的監護人，也很難挺身而出，公然為我說話。

……就跟以前沒兩樣嘛。

在孤兒院，大家也常討論到貴族大人有多麼霸道不講理，所以我聽完一點也不覺得奇怪。只是該道的寒暄不一樣了，但身為地位最低的人，言行舉止一定要恭敬有禮，這點就和以前一樣。

「對了，達穆爾。是不是也該練習如何送上祝福呢？」

「是啊，至少冬季的寒暄一定要盡快背起來。因為到了兒童室，要向初次見面的人問好。你先像這樣跪下，然後跟著我的話複述一遍。歷經生命之神埃維里貝的重重嚴格遴選。」

「歷經生命之神埃維里貝的重重嚴……嚴選？」

諸神的名字我早已透過歌牌與繪本背下來了，所以可以一字不差地唸對，但其他詞彙就很難了。感覺得花點時間才能背起來。不過，聽說儀式的禱詞也都是類似的詞句。

「道完寒暄以後，要釋放魔力給予祝福，這應該得先練習幾次吧？看來得請羅潔梅茵大人幫忙準備練習用的戒指。」

菲里妮大人說他們受洗前也會先在家裡練習幾遍，免得在貴族社會被人看笑話，說自己是連寒暄也做不好的貴族。

「魔力量哈特姆特已經在面談時測試過了，所以沒有問題。寒暄時的祝福要先背好問候語，再實際練習。飛蘇平琴則是等與羅吉娜討論過後，就從明天開始練習。此外最重要的，大概就是累積魔力了吧。只要這些都沒問題，至少洗禮儀式與首次亮相就能勉強過關。」

……明明要做的事情這麼多，居然還只是基本中的基本。

該做的事情實在太多了。自己真的辦得到嗎？我開始感到有些不安。

「貴族的孩子從出生起就戴有這個魔導具，所以必須飲用回復藥水、逼迫自己儲存魔力的，只有你一個人。然而你明明身體健康，還得強行喝藥，讓體內的魔力滿溢而出，這件事會非常痛苦，也會對身體造成負擔。明知如此，你還是要繼續嗎？」

達穆爾大人向我問道，彷彿在做最後的確認。我立刻點頭。

「不這麼做就無法成為貴族吧？我願意。」

聽完我的回答，菲里妮大人便從腰間的皮袋上，抽起一個以金屬包覆的玻璃管。

「戴爾克，這是我奉羅潔梅茵大人之命製作的回復藥水。只要按下這邊的魔石，蓋子就會打開。那你喝下這個藥水吧。」

於是我接過菲里妮大人製作的回復藥水，打開蓋子後，喝下淡綠色的液體。

……嗚噁～好難喝。

「喝起來……好像沒有泡好、有著怪味的茶喔。」

我擦擦嘴角，看著變得空空如也的玻璃管。菲里妮大人發出咯咯笑聲，收走玻璃管蓋上蓋子。

「聽說跟羅潔梅茵大人飲用的回復藥水比起來，這種藥水已經算很好入口的喔。喝過那種回復藥水的人都說，味道真的非常可怕。羅潔梅茵大人與哈特姆特都是一邊喝著那種藥水，一邊為領地舉行儀式、讓土地盈滿魔力呢。」

「也就是說等我長大以後，也要喝那種味道可怕的藥水吧。」

我做好了覺悟這麼表示後，菲里妮大人卻露出淡淡的苦笑。她說，只有魔力量多的人才需要喝到那種藥水。真不知道我應該要慶幸，還是該希望自己也能有那麼多魔力。

……咦？好熱？

突然間身體變得好熱，呼吸也開始有些困難。而且在我呼吸變得急促的同時，明明身體在發熱，肌膚表面卻冒出了溼黏的冷汗。

「嗯，藥水開始生效了吧。」

一陣又一陣的熱意不斷地從體內深處湧出，彷彿就要衝破身體，這種感覺讓我渾身虛軟無力。緊接著，指尖開始有種發冷發麻的感覺。而發麻的感覺還從指尖慢慢蔓延到手腕，又從腳趾蔓延到腳踝。我再也沒有力氣站著，當場蹲了下來。

「戴爾克！」

康拉德與戴莉雅的呼喊忽然變得很近。為了不讓他們擔心，我本來想朗聲回答說「我沒事」，卻沒辦法順利地發出聲音，結果讓他們更擔心了。

「戴爾克發生什麼事了？」

「這是儲存魔力的必經過程。既然戴爾克已經下定決心，羅潔梅茵大人也把指導工作交給我們，我與其他人便不能擅自中斷。」

接著達穆爾大人要蹲下來的我直接躺下。由於呼吸太過痛苦，我便恭敬不如從命，直接往橫一倒躺在地上。

「戴爾克，盡可能慢慢呼吸。先慢慢吸氣……對，再慢慢吐氣……」

我在地板上縮成一團，達穆爾大人也在我旁邊跪下來，緩緩地輕拍我的背。我邊在心裡反覆對自己說「慢慢地、慢慢地」，邊配合達穆爾大人的話聲吸氣和吐氣。

後來不知道過了多久時間，隱約可以感覺到體內湧出的熱意都流到了手環去。然後大概是回復藥水的藥效過去了，體內不再有熱意湧出來，體溫也漸漸恢復正常。

「結束了嗎？那你確認一下手環。」

手環上只有一顆魔石稍微變色，但幾乎與原先沒有太大的分別。達穆爾大人檢查過後，微微皺起眉頭。

「魔力要累積到一定程度後，再從手環轉移到這邊的魔導具，但這次看來並未累積多少。你要再喝一瓶回復藥水嗎？」

聽到要我再經歷一遍剛才的痛苦，瞬間感到遲疑的我沒有回答。察覺到的康拉德用力舉起手來。

「達穆爾大人，我來教他吧！我知道該什麼時候轉移魔力與轉移的方法。」

「啊，對喔。康拉德你也知道吧。那就麻煩你了。」

達穆爾大人於是起身，要菲里妮大人拿三瓶回復藥水給我。菲里妮大人擔心地看著我與康拉德，然後將回復藥水放到我手中。淡綠色的藥水在玻璃管中輕柔晃動。

「你每天要像這樣儲存至少兩次魔力。畢竟你還有孤兒院的工作要做，也得練習飛蘇平琴，所以一天當中要什麼時候喝回復藥水，全由你自己決定。」

「是。」

拿著感覺沉甸甸的回復藥水，我慢吞吞點頭。彷彿看穿了我的猶豫，達穆爾大人面帶苦笑。

「明天我會再過來。今天你可以先休息，然後好好想想自己是否真要成為貴族。」

那雙眼睛完全看出了我的遲疑。感覺達穆爾大人像是在說我只是嘴上說得好聽，但覺悟根本不夠，我不禁感到非常慚愧。

菲里妮大人與達穆爾大人離開後，戴莉雅一臉快哭出來地開始勸我：「戴爾克，還是算了吧。這看起來對你的身體負擔太大了。」康拉德也憂心忡忡地注視著我。

「哼，我看你絕對不可能成功。」

「畢竟你和我們不一樣，只是平民孤兒嘛。用不著那麼勉強自己啦。」

聽見蓋瑞克他們說出的帶有譏諷的同情話語，我用力握緊手中的回復藥水。不管他們怎麼說，我都沒有打算放棄。區區平民孤兒想要成為貴族，哪有那麼簡單——這種事我早就知道了。

當天晚上，鋪好被褥以備隨時都能躺下後，我伸手拿來回復藥水。

「戴爾克，你要現在喝嗎？」

「嗯，因為我覺得睡前喝最好。」

我大力吸氣，然後打開回復藥水的蓋子，一口氣喝光藥水。接著把蓋子蓋回去，再把空的玻璃管收進放有替換衣物的籃子裡。過沒多久，體內深處開始有熱意湧出。那種熱意在體內擴散、彷彿要將自己吞噬掉的感覺，讓我痛苦得發出呻吟。

「戴爾克，你還好嗎？」

「不……不好……所以，在旁邊為我加油吧。就像達穆爾大人做過的那樣。」

「……嗯。慢慢吸氣……吐氣……」

康拉德帶著哭腔說道，不斷輕拍我的背。我配合著他的話聲反覆深呼吸，緊緊抓著手環，將從體內滿出的熱意拚命往手環送去。

……我一定要成為貴族！

全新短篇

〈成為貴族的準備〉
香月美夜手稿大綱公開

貴族の葬式

アーレンスバッハの葬式の様子から貴族の

葬式について.

アウブの葬式って汎用性ないな.

命の剣を使って魔石を取り出すのえぐい?

ふぁんぶっくなら OK?

中央騎士団の騒動は書籍に入れる

から純粋に葬儀の手順?

あんまり面白くないなぁ.

先代領主の葬儀の回想も交える?

フェルディナンドが初めて青色神官として立ち合った

父親の葬儀.

来客考えるの面倒だな.

ヴェローニカも出るのか.

読後感の悪いSSになりそう.

ディルク.

もらう子の視点が一番かな?

貴族の洗礼式までの準備について

知らないので書き易そう.

ベルトラム

平民の孤児と一緒に洗礼式を受ける

ことになりそうな心境

ラウレンツとのやりとり

魔術具をもらうディルクを見ているより

アウブの面接～洗礼式の方がよっぽど

面白いよねぇ….

コンラート

ディルクの決意を聞いた時～魔術具の使い方を

教えてあげて、励ます役目.

回復薬を持ってくるのはローゼマインの側近だし、

説明役としては物足りない.

貴族的葬禮

透過亞倫斯伯罕葬禮的情形，來了解貴族的葬禮
但奧伯的葬禮不太通用呢
用生命之劍取出魔石會太血腥嗎？
在FANBOOK裡還OK？
中央騎士團的騷動會收錄在小說裡，
所以單純只要寫葬禮的流程？
感覺不太有趣
插入一些有關前任領主葬禮的回憶？
斐迪南首次以青衣神官身分參加父親的葬禮
要想有哪些訪客還真麻煩
薇羅妮卡也會出場嗎？
感覺會是篇讀後感很差的特別短篇

戴爾克

優先考慮得到魔導具的孩子的視角？
因為都不知道貴族受洗前要做哪些準備，感覺很好寫

貝特朗

將與平民孤兒一起受洗的心境
與勞倫斯的對話
比起看著戴爾克得到魔導具，奧伯的面談～洗禮儀式這部分更有趣呢……

康拉德

從聽到戴爾克的決心～教他如何使用魔導具，給予鼓舞的角色
但羅潔梅茵的近侍會負責帶回復藥水來，做為說明角色寫不出足夠的篇幅

ふぁんぶっくSS

・設定を入れる

子供用魔術具　　ディルク、ベルトラム
　　　　　　　　コンラートあたり
or
貴族の葬式　　　ジルヴェスターか
　　　　　　　　フェルディナンド

・魔術具を持ってくるのは
　メルヒオールの側近
・選ぶ手伝いをしてくれる。
　あ、側近も名前が要る。

ベルトラムは孤児なんて
相手にせず、淡々と準備してそう。
中級貴族の洗礼式に必要なことくらい
知っている。

子供用魔術具

孤児に与えられることが決まった魔術具

配られたのはローゼマインが魔紙作り中。

メルヒオール＆その側近と孤児達がメイン

・選択した時の様子。

・欲しいと思った動機や決心した時の様子
　└第五部IV用プロットの流用？

・使い方

・回復薬を使う溜め方の辛さ

・心配するデリア＆コンラート

・ディルクに突っかかるのはベルトラムより
　魔術具もらえなかった子→名前いる。

・もらえた3才児と身食いのディルクの差。

・魔術具の使い方を教えるのはフィリーネか
　ダームエルの方が良いかも？　引き継ぎの忙しい
　メルヒオール達が付き添うのは難しそう。
　ローゼマインの魔紙作りを手伝ってるハルト
　ムートが来るわけないな。

・ディルクが孤児院に来た時を知っている
　ダームエルの描写を入れたい。

FANBOOK特別短篇

●添加設定

兒童用魔導具　　戴爾克、貝特朗、康拉德等等
or
貴族的葬禮　　　齊爾維斯特或斐迪南

兒童用魔導具

確定要提供魔導具給孤兒了
提供時羅潔梅茵正在製作魔紙
主要出場人物有麥西歐爾＆他的近侍還有孤兒們

●挑選時的情況
●由麥西歐爾的近侍把魔導具搬來
●還會幫忙挑選魔導具
　啊，近侍也需要想個名字
●想要的動機與下定決心時的情況
　└挪用第五部IV的大綱？

●用法
●使用回復藥水儲存魔力的痛苦
●擔心的戴莉雅＆康拉德
●感覺貝特朗根本不在意孤兒，會自己淡然地進行準備
　他大概知道中級貴族受洗時要做哪些準備
●比起貝特朗，嘲笑戴爾克的人讓得不到魔導具的孩子來當更適合
　→需要名字
●拿到魔導具的三歲孩童與身蝕戴爾克的差異
●指導如何使用魔導具的，可能是菲里妮或達穆爾更好？
　麥西歐爾他們忙於交接，應該不會一直陪在旁邊
　在協助羅潔梅茵製作魔紙的哈特姆特更不可能來吧
●達穆爾打從戴爾克被送來孤兒院就認識他，把這段描寫也加進去

「全然足りない」と次の回復薬を渡すダームエル。苦しみにためらうディルク。

「いつ飲むかは任せる」

貴族の挨拶について

ダームエル＆フィリーネが教えるか。

文字数に余裕があれば、他の青色見習い達を出すか…。

青色見習い達も孤児院を訪れることが増えた。

- 城の子供部屋での生活
- 青色見習いの生活
- 礼儀作法など

「初対面の挨拶も長くて覚えるのは大変だと思ったけれど、神事の祝詞も長くて多い。青色見習いになると神事にも参加するから大変だ」

貴族の親がいて洗礼式を終えている彼等とアウブを後見人として洗礼式を受ける自分達は少し立場が異なるらしい。

犯罪者とはいえ、親がいるか否かは貴族社会で大きな違いになる。

ベルトラムは「私はギーベ・ヴィルトルの子だ」と自分に言い聞かせるように言っている。

「無理じゃないか？」「諦めろ」

魔術具を得られなかった子××からの悪口や小さい嫌がらせ。

むしろ、やる気が出る。

※デリアの弟っぽさが欲しい。

ラスト

回復薬を飲み、苦しい思いをしながらも決して諦めないディルクと応援するコンラート

「大丈夫？」

「大丈夫じゃない…だから、応援してくれ。コンラート」

…私は絶対貴族になるんだ！

說著「完全不夠」再遞出回復藥水的達穆爾。
因為太難受而遲疑的戴爾克。
「什麼時候喝由你自己決定。」

關於貴族的寒暄
看要由達穆爾＆菲里妮教導，
或者字數還有空間的話，也可以讓其他青衣見習生出場……

青衣見習生們造訪孤兒院的次數也增加了
- 在城堡兒童室裡的生活
- 青衣見習生的生活
- 禮儀等等

「以前背初見問候語，我就覺得很長很難背了，誰知道儀式的禱詞也一樣又長又複雜。而且成為青衣見習生後還要參加儀式，適應起來很辛苦。」
據說已經受洗、有著貴族父母的他們，與受洗時會由奧伯擔任監護人的我們相比，地位有些不同
雖然都是罪犯，但有無父母這一點在貴族社會是很大的差異

貝特朗像在說服自己似地說「我是基貝・威圖爾的兒子」

「對你來說太勉強了吧？」「死心吧。」
沒得到魔導具的孩子××故意口出惡言和找麻煩
反而讓我更有鬥志
※想要有點戴莉雅弟弟的感覺

結尾

喝下藥水後，就算痛苦也絕不放棄的戴爾克，
和為他加油打氣的康拉德
「你還好嗎？」
「不好……所以，在旁邊為我加油吧，康拉德。」
……我一定要成為貴族！

ふぁんぶっくSS　ディルク視点

ハルトムート様との面接の後、メルヒオール
様とその側近が持ってきてくれたのは
子供用の魔術具
孤児院の貴族の子が持っている物と同じ。
メルヒオール様の側近と一緒に選ぶ。
魔石との相性があって、どれでも同じように
使えるわけではないらしい。
私はどれでも大して違いはなかったが、
三歳の○○は結構違いがあった。
メルヒオールやその側近がディルクに注目。
「…平民だから？」の身食い
回復薬を使って魔力を溜めていく。
フィリーネ様とダームエル様が指導してくれる。
ディルクは無視している。軽視？
洗礼式までにしなければならないこと。
・アウブとの面接
・フェシュピール
・礼儀作法 & 貴族の挨拶。
・他の子の7割くらいは魔力を溜める。

「無理ならば一年間洗礼式を延期できる」
「ただ、来年にはローゼマイン様がいない。
どのように状況が変化するかわからない」
孤児院で一年間に起こった変化。
もたもたしていたら貴族への道を閉ざされる
かもしれない。
…この半年で絶対に準備を終える！
フェシュピールの腕前はいまいち。
ベルトラムくらいが目標と言われて目の前が
真っ暗。今まであまり真面目にしていなかった。
後悔。
ダームエルが裏技を教えてくれる。
ヴィルフリートがしていたこと。ひとまずお披露目
を乗り切れば貴族院までに多少の時間を稼
げる。
回復薬を使う苦しみ。
慣れない魔力に翻弄される。

> ※マインと違って適度に魔力を抜いているので
> 今まで身食いの熱に苦しんだ記憶がない。
> ディルクは知らないが、その辺の違いが読者に
> わかるように。

苦しむディルクに「もう止めて」と言うデリア。

FANBOOK特別短篇　戴爾克視角

與哈特姆特大人面談過後，
麥西歐爾大人與他的近侍帶來了兒童用魔導具
和院內貴族之子們持有的東西一樣
跟麥西歐爾大人的近侍一起挑選
據說每個人與魔石的相容性都不一樣，不是所有魔導具都能用起來很順手
我用哪個魔導具都沒差，但三歲的〇〇不是
麥西歐爾與他的近侍都看向戴爾克
「……因為是平民（身蝕）？」
使用回復藥水儲存魔力
菲里妮大人與達穆爾大人負責指導
貝特朗予以無視（輕視？）
洗禮儀式前該做的事情
- 與奧伯的面談
- 飛蘇平琴
- 禮儀與貴族的寒暄
- 儲存到同齡孩子七成的魔力

「如果來不及，可以延後一年舉行洗禮儀式。」
「但是，明年羅潔梅茵大人就不在了。情況不知道會有什麼改變。」
孤兒院這一年來的變化
若不加緊腳步，可能沒有機會成為貴族
……一定要在半年內做好準備！
飛蘇平琴的水準差強人意
聽到要以貝特朗的琴藝為目標，眼前一黑。至今我都沒認真練琴
後悔
達穆爾教了秘密絕招
是韋菲利特做過的事情。只要首次亮相能成功過關，在貴族院入學前就還能爭取到一些時間
飲用回復藥水的難受
因不習慣魔力的流動而感到痛苦

> ※與梅茵不同，戴爾克一直都會適度地釋放魔力，所以之前從未感受過身蝕熱意帶來的痛苦。雖然戴爾克不知道這些，但想讓讀者看出其中的差異。

看到戴爾克很痛苦，勸他放棄的戴莉雅

《小書痴的下剋上》戒指色一覽表

※只有在《FANBOOK》中已有人物設計的貴族角色。

艾倫菲斯特的領主一族

羅潔梅茵	藍色
齊爾維斯特	綠色
芙蘿洛翠亞	紅色
韋菲利特	綠色
夏綠蒂	紅色
麥西歐爾	綠色
波尼法狄斯	藍色
斐迪南	綠色

羅潔梅茵的近侍

侍從

布倫希爾德	黃色
貝兒朵黛	綠色
莉瑟蕾塔	黃色
谷麗媞亞	藍色

文官

哈特姆特	紅色
繆芮拉	綠色
羅德里希	黃色
菲里妮	紅色

護衛騎士

柯尼留斯	綠色
萊歐諾蕾	紅色
安潔莉卡	藍色
馬提亞斯	紅色
勞倫斯	綠色
優蒂特	藍色
泰奧多	黃色
達穆爾	黃色

韋菲利特的近侍

奧斯華德	綠色
蘭普雷特	紅色
亞歷克斯	黃色

斐迪南的近侍

尤修塔斯	黃色
艾克哈特	紅色
拉塞法姆	紅色

艾倫菲斯特的貴族

黎希達	紅色
卡斯泰德	藍色
艾薇拉	黃色
奧蕾麗亞	綠色
托勞戈特	藍色
雷柏赫特	黃色
布麗姬娣	紅色
基貝・哈爾登查爾（克勞迪奧）	藍色
基貝・格拉罕（戈雷札姆）	紅色
基貝・克倫伯格	藍色

貴族院的教師

洛飛	藍色
傅萊芮默	黃色
赫思爾	黃色
索蘭芝	紅色
歐丹西雅	綠色

他領貴族

中央

特羅克瓦爾	黃色
瑪格達莉娜	藍色
席格斯瓦德	黃色
阿道芬妮	黃色
亞納索塔瓊斯	藍色
艾格蘭緹娜	紅色
錫爾布蘭德	黃色
勞布隆托	紅色
阿度爾	綠色

戴肯弗爾格

齊格琳德	綠色
藍斯特勞德	黃色
漢娜蘿蕾	紅色
克拉麗莎	黃色
柯朵拉	綠色
海斯赫崔	藍色

亞倫斯伯罕

奧伯・亞倫斯伯罕（格傑弗里德）	黃色
喬琪娜	紅色
蒂緹琳朵	紅色
萊蒂希雅	綠色
賓德瓦德伯爵	藍色
雷蒙特	黃色

其他

奧爾特溫	綠色
蕊兒拉娣	紅色

其他

貝特朗	藍色
戴爾克	紅色
雷昂齊歐	虹色

那麼就請這樣進行準備吧。
遵命。
班諾先生看起來很累。
呼……
番外篇 ～FANBOOK 6 全新短篇～
我送的禮物
漫畫：波野涼
畢竟平常承蒙班諾先生諸多關照，
雖然很想慰勞他的辛苦，
但送禮如果又是透過他自己，
奇爾博塔商會
只會增加他的工作量。
還要能符合班諾先生的眼光……
說到只有我能做到的事情……

不如我幫班諾先生按摩肩膀吧？
加油
一點感覺也沒有……
累了
責任問題
妳千萬別多此一舉。
幾天後
怎麼能讓領主的養女做這種事!!
是……
唔嗯……
班諾先生，請你收下這個！
這是什麼？新的衣架嗎？
這是肩頸按摩器！
會確實支付報酬喔
我做！
透過路茲委託他的哥哥製作

哦？
這是……
嗯……
很方便吧？
好。
今天我並未準備契約書，下次過來之前……
商品化決定!!!
不是啦!!!
這是我個人贈送的禮物！
糟糕。
絕不能讓這樣東西出現在市場上喔！
商品化不採用!!!
……
我回來了——
爸爸，你回來啦。

梅茵託路茲送了東西回來喔。
真的嗎?!
按壓
這樣……
彷彿是梅茵在替我按摩一樣……
按壓
不對，梅茵不可能有這個力道吧。
就是說呀
已經先用過了→
好痛痛痛！
完

《小書痴的下剋上》廣播劇2　配音觀摩報告

香月美夜

一月某日，我前去參觀了廣播劇第二輯的錄製。儘管同樣是上次那間錄音工作室，但我一樣沒有外子帶路就到不了，而鈴華老師今天看來也一樣緊張。

「啊啊，看到香月老師毫不緊張的樣子，果然讓人很放心呢。」

「哎呀，經過上次已經知道配音的流程了，所以我一點也不緊張喔。但由於這是第二次要寫配音觀摩報告，我倒是很擔心沒什麼好寫的呢。」

「說是這樣說，但依香月老師的個性，肯定又會寫成長篇大論吧？」

「沒有什麼新體驗的話就會很短喔。」

本來我還預計這次的觀摩報告不會太長，結果還是鈴華老師說得對。寫完一看，居然比上次還要長一點。真神奇。

由於還是同一間錄音工作室，我們毫不遲疑地進入控制室。音響監督與錄音師正忙碌地在做準備。錄音開始前無事可做的我們，就坐在沙發上待命。

「早安。」

「國澤老師，我終於做好名片了！」

國澤老師一到，我立刻遞上名片。我反省自己上次的失策，這次便做了新名片來。原本還差點忘記帶來，但這件事只要不說就沒人知道。

「鈴華老師，那妳的新名片做好了嗎？」

「做是做好了，但要今天或明天才會收到……啊，真是的！我就在想香月老師一定又會把這件事寫下來。」

「難得有材料，請容我寫進報告裡。」

我與鈴華老師正這樣拌嘴時，國澤老師忽然冷靜吐槽。

「明明和香月老師已經見過一次面了，現在才拿到名片，感覺真奇妙呢。」

對喔。一般只會把名片拿給初次見面的人嗎？但因為新名片做好後我太高興了，目前為止根本是到處大放送……哎，算啦。反正我只是自己想送。

工作人員都到齊後，製作人與音響監督開始為今天的錄製進行說明。

「這次的廣播劇如同郵件裡說明過的，會採取分開錄音。所謂分開錄音，是指因為聲優們的時間喬不攏，能在哪個時段集合的人就先錄音。」

「關於分開錄音，我知道是因為聲優們的行程無法配合，所以無法全員到齊……」

但我不清楚是錄音時不包含名單上的人，還是只有名單上的那些人會來配音。鈴華老師似乎也有相同的疑惑。音響監督面帶笑容為我們解答。

「是只有郵件裡提到的那些人會來錄音。」

關於今天的流程，似乎是第一梯次有四個人，第二梯次最多人，最後第三梯次有四個人會個別錄音。

第一梯次到場的聲優，有飾演班諾的武內駿輔先生、飾演多莉的中原麻衣小姐、飾演安潔莉卡的淺野真澄小姐，以及飾演黎希達的中根久美子小姐。上次錄音間裡擠滿了十八個人，這次卻只有四個人，使得房間看起來非常空曠。麥克風還能一人使用一個，所以能根據自己的身高調整高度。

第一個場景要配音的人，就只有飾演班諾的武內駿輔先生。路茲和羅潔梅茵都不在，班諾得一個人發火、一個人吐槽。就連用拳頭猛鑽羅潔梅茵腦袋瓜的場景，也是他自己一個人在生氣。

上次現場還有羅潔梅茵的慘叫聲：「好痛、好痛喔～」所以我沒有任何感覺，但這次武內先生一直是獨自一人在不顯突兀的情況下，只用聲音在表達鑽腦袋瓜的動作，而且還持續了預計加入羅潔梅茵聲音的時長。這真是太厲害了。因為換作是我，配到一半肯定會想問：「請問我要持續到什麼時候？」是腦海中會想像對方的聲音嗎？

鈴華老師「他們自己一個人的時候都不會不知所措嗎？」

我「感覺就像喝水一樣輕鬆完成了呢。」

在分開錄音的情況下，即便與自己對話的對象不在，聲優仍然每句臺詞都能迅速地切換情感。而且這一點是所有聲優都辦得到。真正是專家的技術。我再一次體認到，聲優真是太了不起了。

只不過由於與上次不同，臺詞和場景一直跳來跳去，所以很難在腦海中想像出廣播劇完成後的樣子。在聽班諾錄音的時候，我總不由自主在心裡吶喊：「等一下，請把這邊的臺詞補上！誰快去把梅茵和路茲帶過來！」因此我們也和讀者一樣，不曉得最終成品會是什麼樣子，真教人拭目以待。

這次武內先生不只飾演班諾，還飾演了宣告貴族院開學的老師。貴族院就在他英氣勃勃的聲線下正式開始上課了。

班諾的聲線就和上次一樣，所以錄音十分順利。相較之下，中原麻衣小姐飾演的多莉不僅在上一輯中只有一句臺詞，這次年紀還增加了三歲左右，所以要從重新設定聲線開始……但話雖然這麼說，過程也沒什麼問題，錄音非常順利。

鈴華老師「和飾演喬琪娜的是同一位聲優呢。哇啊，好厲害。」

我「多莉真的好可愛喔。」

中原小姐扮演多莉的時候，聲音與上一輯裡的喬琪娜截然不同。真的超級可愛。多莉真的超可愛。

鈴華老師「看劇本時我才發現，原來這裡加了這段劇情啊～」

國澤老師「因為香月老師把大綱和主要臺詞都提供給了我，就在中途加進去了。」

我「這個番外篇好像讀者都很好奇，一直有人在敲碗想看短篇。所以我才心想，大概就只有這次機會了。」

為了這次的廣播劇，我以多莉為主角寫了篇全新特別短篇〈王族的委託〉。由聲優進行演繹以後，讓人忍不住咧嘴直笑呢。敬請期待。

對了對了。說到可愛，圖書館魔導具之一的懷斯也由中原小姐飾演。喊著「公主殿下」的聲音非常可愛喔。會讓人忍不住心想，要是現實中的圖書館裡有休華茲與懷斯，真想每天都去報到。

另外，中原小姐還飾演了兩位音樂老師的其中一人。

飾演黎希達的中根久美子小姐和上次一樣，表現依然精采出色。這次黎希達的出場次數好像比上次還多呢。

鈴華老師「黎希達好棒喔。」

我「根本是本人。」

黎希達是個既慈祥又嚴厲的角色，會關心也會斥責羅潔梅茵。這次的臺詞當中，我暗暗相當喜歡的是黎希達對尤修塔斯的叮囑。

此外，中根小姐還飾演了另一位音樂老師。敬請欣賞中根小姐與中原小姐所演繹的音樂老師們的對話。雖然我得看著劇本才知道誰是中原小姐、誰是中根小姐，但外子說他聽聲音就知道了。我覺得這樣也很厲害。

淺野小姐接續上次，這次一樣飾演安潔莉卡。安潔莉卡的錄音太歡樂了。

我「第十三頁安潔莉卡的第三句臺詞，語氣不能那麼平淡，要有抬頭挺胸、有點得意洋洋的感覺……」

鈴華老師「就是要臭屁一點吧？」

我「對，就是臭屁。」

臭屁的安潔莉卡，學起來了。我個人無論如何都想把安潔莉卡的這句臺詞放進來，所以願望實現以後，內心非常滿足。

這次淺野小姐同樣也分飾艾薇拉。我很喜歡艾薇拉開導羅潔梅茵的場景，聽的時候心裡十分感動。好棒的母親大人喔，難以想像跟飾演安潔莉卡的是同一位聲優呢。

對了對了，有個與淺野小姐有關的有趣小插曲。就是音響監督誤以為前任萊瑟岡古伯爵是女性，所以原本拜託淺野小姐也分飾這個角色。

我「嗯？前任萊瑟岡古伯爵是男性喔。」

鈴華老師「是個看來隨時會倒地的老爺爺吧？」

我「對，是個走路顫巍巍的老爺爺。」

我與鈴華老師互相對望，指出這一點後，音響監督連忙向錄音間裡的淺野小姐轉達。

音響監督「抱歉，原來前任萊瑟岡古伯爵是男性。我稍後再拜託男性聲優。」

淺野小姐「咦咦?!虧我練習了那麼久……嗯，不過，老實說我也有點鬆口氣啦。」

淺野小姐的反應太可愛了，控制室內還響起忍俊不禁的歡樂笑聲。不過，其實前任萊瑟岡古伯爵的臺詞只有一句而已，還類似於背景人聲（在背景裡的群眾喧譁聲）。但即便如此，淺野小姐還是很認真地練習了前任萊瑟岡古伯爵的臺詞，讓人有點感動，也有些心生敬佩。

首先就由這四位聲優一路錄製到劇本最後一頁，但由於負責扮演的角色不多，過程非常迅速。就在幾乎都是唱獨角戲的情況下，第一梯次的配音結束了。

很快地到了交接的時候。由於這段交接的時間集齊了最多人，所以就由第一梯次與第二梯次的聲優們一起拍張合照，再請第一梯次的聲優們在離開前，為送給讀者的簽名板簽名。

錄音工作室的走廊頓時嘈雜又擁擠，為免妨礙到大家，我們乖乖待在控制室裡等候。等的時候還一邊吃Pocky。因為錄音期間注意力都放在劇本和聲音上，根本沒有多餘的心思喝茶吃點心。

「辛苦了。」

「辛苦了。聲音的演繹非常完美，感謝各位。」

目送第一梯次的四位聲優離開後，第二梯次的錄音開始了。

參與第二梯次的聲優人數最多。首先，音響監督決定先指定前任萊瑟岡古伯爵要由誰來飾演。

「抱歉突然有個不情之請。原本我拜託淺野小姐扮演前任萊瑟岡古伯爵，但後來才發現這個角色是男性，所以想拜託在場的男性聲優。」

「這種事可不行喔。」

飾演羅潔梅茵的澤城美雪小姐看著聲優陣容表，斷然這麼表示。她的語氣和反應簡直是活生生的梅茵。「梅茵出現了！」控制室裡響起哄然大笑。音響監督也輕笑起來，回道：「恕我直言，這種事可以喔。」

那麼，究竟會由誰來扮演前任萊瑟岡古伯爵呢？是上次飾演前任神殿長、展現出了傳神老人聲技的伊達先生？還是這次新加入的聲優？這次多了飾演尤修塔斯的間島淳司先生、飾演馬克的菊地達弘先生、飾演歐托的濱田洋平先生，男性聲優比上次增加了好幾位。

「那就麻煩櫻井先生了。」

沒想到接下了音響監督無理指令的，竟是飾演斐迪南的櫻井孝宏先生。

「啊?!」

不光櫻井先生，我與鈴華老師在控制室裡也發出了一樣的驚叫聲。因為一個是發出冰冷天籟美聲的斐迪南，一個是一隻腳都踩在通往高處階梯上的前任萊瑟岡古伯爵。任誰都會發出『啊？』的大叫聲吧？

澤城小姐「走路顫巍巍的老爺爺……像志村那樣嗎？」

櫻井先生「不會配成那樣（苦笑）。」

因此我非常期待櫻井先生會化身成怎樣的老爺爺，結果顫巍巍的感覺剛剛好。由於混在喧譁聲中只有一句臺詞，不曉得大家聽得出來嗎？等到廣播劇完成了，我有信心絕對聽不出來。

音響監督強制性地下達了指令後，接著開始錄音。飾演法藍的伊達忠智先生與飾演羅潔梅茵的澤城美雪小姐站到麥克風前。這次法藍只有為普朗坦商會的人帶路時，說了一句臺詞而已，接下來全是羅潔梅茵的獨角戲。不管是被班諾猛鑽腦袋瓜而發出哀嚎，還是撲在路茲身上哭泣，現場都只有她一個人。

音響監督「最後的哭泣請再強烈一點。」

澤城小姐「是。……嗚～路茲～……（哭聲持續了好一陣子）」

這種馬上就進入狀態的切換真是太厲害了。我想大家肯定聽不出來這竟然是分開錄音。

城堡的場景由文官的聲音揭開序幕，而這名文官由飾演馬克的菊地達弘先生分飾。飾演達穆爾的田丸篤志先生與飾演柯尼留斯的依田菜津小姐，也在這時候登場。

這次達穆爾的臺詞就只有一、兩句而已，讓我對他有些過意不去。畢竟達穆爾是不能前往貴族院的成年護衛騎士，所以這也無可奈何……依田小姐則是努力表現出柯尼留斯長大了些的聲音。

澤城小姐「關於這句臺詞，如果前面不再說點什麼，會不會給人徹底無視安潔莉卡的感覺呢？」

經她這麼提醒，控制室裡的人在看完劇本後都表示贊同。然後大家開始思考，該如何承接安潔莉卡的臺詞並連接到下一句。

國澤老師「要不要多加一句像是『那真是太好了呢』，或是『那我就放心了』？」

我「不用講得這麼明確，用一句『這樣啊……』輕輕帶過就好了。因為情緒上比起慶幸或鬆了口氣，比較偏向傻眼……」

國澤老師「那就用『苦笑後重新轉向柯尼留斯』的感覺來表現如何？」

我「啊，這樣更好呢。」

接著請音響監督向錄音間裡的澤城小姐轉達，重新進行錄音。嗯，改過的版本更好。

至於飾演羅潔梅茵的澤城小姐與飾演斐迪南的櫻井孝宏先生的你來我往，就和上次一樣讓人聽得非常開心。

製作人「剛才那句臺詞好像講得有些太快……」

我「沒問題喔。因為稍微有些咄咄逼人，更能體現出羅潔梅茵的心急。」

場景來到貴族院以後，新登場的角色有赫思爾。赫思爾由田中敦子小姐飾演。人選敲定的時候我曾搜尋過她的資料，一看照片只覺得氣質好像喔。怎麼說呢，就是有種清爽俐落的感覺，或者該說精明幹練？

製作人「感覺如何？」

我「咦？我是覺得沒什麼問題……」

國澤老師「年紀好像再增加一些比較好。」

由於差異非常微小，單聽測試時的聲音，我根本判斷不出是否該增加點年紀。但是調整過後，聽起來更符合角色了，讓人覺得國澤老師的判斷果然沒錯。

這次赫思爾呈現出來的老師形象，相當不假辭色且精明幹練，中途我一度想過，是不是該再幽默風趣一點？但是仔細想想，這次的臺詞幾乎都是回給艾倫菲斯特的報告，所以這時候的赫思爾若對艾倫菲斯特表現得幽默風趣，好像也不太對。

而拿著赫思爾的報告進入辦公室的文官，是飾演馬克的菊地先生。看完報告以後，三名監護人都頭痛不已……不過，其實這時在場的只有飾演斐迪南的櫻井先生與飾演卡斯泰德的濱田賢二先生。飾演齊爾維斯特的鳥海浩輔先生要到第三梯次才會來錄音。

鈴華老師「嗚嗚，這裡好希望三個人全員到齊喔。」

我「就是說啊。只能等到廣播劇完成，才能聽到三個人的全程互動了……」

卡斯泰德與斐迪南的默契實在太好，讓我與鈴華老師甚至遺憾到垂頭喪氣。因為腦海中自動會有想像畫面，真的超級想讓齊爾維斯特加入。

整個報告期間，還穿插了貴族院裡其他人的臺詞。飾演柯尼留斯的依田奈津小姐還分飾布倫希爾德，飾演芙蘿洛翠亞的長谷川暖小姐則分飾傅萊芮默，飾演法藍的伊達忠智先生是分飾洛飛。雖然都只有一句話，卻是每個角色經常掛在嘴邊的臺詞，讓人一聽就想笑呢。

另外，索蘭芝也由飾演芙蘿洛翠亞的長谷川暖小姐分飾。由於在這輯有幾句臺詞需要重新設定聲線，感覺讓她費了一番心力呢。測試時的聲音給人偏赫思爾的感覺，就是比較強勢又幹練俐落。

音響監督「各位覺得如何？」

我「我覺得要再柔和一點……」

國澤老師「請提高聲音的年齡。」

鈴華老師「索蘭芝老師給人溫和恬靜的感覺吧？」

為了更加貼近溫和恬靜的老奶奶，請長谷川小姐進行了幾次調整，最後終於成功設計出索蘭芝的聲音。

在貴族院的對話中，羅潔梅茵、柯尼留斯、安潔莉卡與韋菲利特的互動也十分有趣，但這時安潔莉卡與韋菲利特都不在，所以兩人的臺詞一律跳過。

而羅潔梅茵接受三名監護人問話的場景，也是在少了齊爾維斯特的情況下錄音。對話越輕快有趣，越讓人覺得少了人很可惜呢。真想聽到全員到齊的配音。

後面的場景還來到孤兒院長室，與平民區的人對話。由於班諾已經結束錄音，現場只有羅潔梅茵、歐托與谷斯塔夫三人在互動。飾演歐托的是這次新加入的聲優濱田洋平先生，谷斯塔夫則由飾演法藍的伊達忠智先生分飾。兩人先從聲線開始設定。

音響監督「歐托這個角色如何？」

國澤老師「感覺年紀要再提高一些……」

我「我希望再多點爽朗的感覺。」

鈴華老師「我懂。就是要再輕佻一點吧？」

來回討論了幾次後，最終下達的指示是要像個「活潑爽朗的腹黑商人」。

製作人「那谷斯塔夫呢？」

我與鈴華老師「聽起來只覺得是前任神殿長。」

音響監督「因為是年紀差不多的男性嘛。」

於是音響監督下指示道：「請再改變一下聲線。」

聽起來就變成了不太一樣的半老男性聲線。伊達先生每次都讓人目瞪口呆。

國澤老師「不會有些太年輕嗎？」

我「公會長和前任神殿長不一樣，還在第一線工作，所以我覺得這樣沒問題。」

聲線設定完成後，便開始錄音。伊達先生這次比起主要飾演的法藍，谷斯塔夫的臺詞明顯更多呢。其實原著裡面本來有，但在這次廣播劇的範圍裡，法藍的亮眼表現都被尤修塔斯蓋過去了……

結束了神殿場景的錄製後，暫時進入休息時間。大家會趁這時間吃午餐、上廁所。其實也只有這時候能休息。因為基本上我們都待在控制室裡，聲優們則待在錄音間裡，馬不停蹄地錄音。

休息時間去上廁所時，我與飾演柯尼留斯的依田小姐說了幾句話。她似乎看完了我上次寫的配音觀摩報告。看到我還寫下他們分飾了哪些角色，她說她非常高興。聽到這種感想的我也很高興。

一般好像不會在觀摩報告裡寫到聲優還分飾哪些角色。製作人與音響監督也驚訝地說過：「妳竟然寫到這麼細嗎?!」但難得聲優們費心進行了演繹，有些配角甚至比主要飾演角色的臺詞還要多，所以我才想寫下來表達感謝……希望有傳達出去就好了。

上完洗手間要回控制室時，我還瞄了一眼聲優們所在的錄音間。飾演芙蘿洛翠亞的長谷川暖小姐就在入口附近，由於我們在Twitter上互相跟隨，本來想和她打聲招呼，但看到她正認真地盯著劇本瞧，便沒有上前打擾。

至於其他聲優，不是迅速地用完午餐，就是去上洗手間，再不然就是認真地在看劇本吧。

對了，我記得是在交接之際到處都手忙腳亂的時候，飾演卡斯泰德的濱田賢二先生曾跑過來，一臉過意不去地叫住我問道：「不好意思，方便打擾一下嗎？關於這句臺詞……」原來是與措辭有關的問題。其實聲優若有任何意見或疑問，像是哪句臺詞怎樣修改會比較好，都請不用客氣，儘管過來告訴我吧。因為怎樣的臺詞聽來會更好更順耳，一定是聲優比我更清楚。

休息時間結束後，由於得讓還有其他工作的聲優優先錄音，只剩下歐托一人的場景便不斷往後推延。

文官1由飾演卡斯泰德的濱田賢二先生分飾。他扮演的文官完全就是個瞧不起平民的貴族。明明同樣是與齊爾維斯特在交談，給人的感覺卻截然不同。

還有在與那名文官對話時，澤城小姐與「技術費用」這幾個字陷入了苦戰。儘管我曾想過要換成其他單字，但一時間又想不出可以替換的詞語來，還在苦惱時配音就已經結束了。

嗚嗚，我的語彙能力……

接著場景切換，又有新角色要設定聲線。這次是飾演尤修塔斯的間島淳司先生。

音響監督「如何？」

國澤老師「我希望再吊兒郎當一點。就是感覺有些輕浮……」

音響監督「這樣呢？」

我「嗯~……這樣感覺太輕浮了，或者該說太不正經……尤修塔斯雖然給人捉摸不定的感覺，但還是要有貴族的氣勢在。」

個人認為尤修塔斯是非常難演繹的角色。既要保有貴族風範，又要給人捉摸不定的感覺，對任何事物還都抱有好奇心，但該放棄的時候就會果斷放棄，是非常有能力的角色。除此之外，還是會扮成女裝蒐集情報的怪人。

我「啊，就是這樣。感覺比較像了。」

國澤老師「撇開角色的言行舉止不說，但聲音的年紀應該再高一點。請他稍微調高年齡吧。」

我與國澤老師對尤修塔斯這個角色的想像多半有些不同，所以各自的要求也不太一樣，這想必讓設定聲線的間島先生十分為難吧。

不過，幸好尤修塔斯的聲音還是成功設計出來了。不管是間島淳司先生的大笑聲，還是聽到黎希達的叮囑後敷衍帶過的表現，都讓人聽得趣味橫生。

上次也參加過的長谷川暖小姐，在飾演芙蘿洛翠亞時並無問題。擔心孩子時的聲音演繹十分動人。

最後一位要設定聲線的聲優，是飾演馬克的菊地達弘先生。測試時，聽起來比較像是容光煥發的中年商人。

我「聲音不太對，馬克先生要更優雅高貴。」

國澤老師「請要有隨時隨地都內斂沉穩，而且帶著隨從的感覺。」

鈴華老師「應該要有待人溫和，彬彬有禮的感覺吧？」

我「沒錯。必須讓人感受到高貴紳士的品格。」

然而，明明我拚命強調了馬克是優雅高貴的紳士，音響監督卻是往錄音間傳達了國澤老師與鈴華老師的要求。優雅高貴紳士才是重要的關鍵字啊！我真是無法理解。

緊接著，場景來到了這輯廣播劇的精采壓軸。先是羅潔梅茵、班諾、路茲與馬克的對話，再到穿插著回憶的羅潔梅茵與路茲的互動。聽的時候絕對讓人熱淚盈眶，一點也沒有多餘的心思去想「回憶中梅茵稚嫩的聲線好可愛」。

路茲，你為什麼不在這裡!!

我好想這樣吶喊。明明是非常感人的場景，羅潔梅茵與路茲居然無法同時在場，必須分開錄音。成品，快給我成品！

錄音剛開始時，我從沒想過自己會在參觀配音的途中感到如此飢渴。順帶說一下，在寫這篇報告的時候我也還是很飢渴。咕嚕嚕嚕嚕……

至於終章，是羅潔梅茵、尤修塔斯與斐迪南的對話。上個場景的感動完全被一掃而空。到底是誰？居然寫出這種感動都持續不了多久的作品。

不過，這個場景裡竟然收錄了上一輯廣播劇裡沒出現的「非常好」。我自己幹得好啊！寫得太好了，必須稱讚一下自己。

責任編輯「香月老師，妳覺得怎麼樣？」

我「不行。非常好並沒有非常好，稱讚時請再多放點感情。」

鈴華老師「香月老師，感覺妳現在超級入戲呢。」

我「因為這可是『非常好』喔？」

鈴華老師「呃，我是可以明白啦……」

「聽說『非常好』這句話要再溫柔一點。」音響監督這樣傳達了要求後，這次的「非常好」讓人一聽就摀住嘴巴，忍不住發出「唔啊！」的痛苦呻吟。殺傷力太強了。實在有夠危險。所有斐迪南迷就等著被迷得七葷八素吧！因為我已經體驗過了。

後來斐迪南還重現了父親稱讚自己的場面，這裡也演繹得十分動人。請跟唸給羅潔梅茵聽時的毫無情感比較一下。

接著是背景人聲的錄製。也就是背景當中的嘈雜喧譁聲。成績向上委員會成立後，在羅潔梅茵無法自制的場景中，一年級生們要倒抽口氣，或是害怕得臉色僵硬並回道：「是！」

音響監督「一年級生就麻煩所有女性聲優了。」

澤城小姐「一年級只有女孩子嗎？」

我「男女都有喔。其實男孩子還比較多。」

音響監督「聽說男女都有，但還是麻煩在場的女性聲優就好。」

澤城小姐「雖說要所有人，但其實在場也只有四個人呢。」

於是由四位聲優，發出了七個人的聲音（笑）。話說回來，澤城小姐的吐槽還真犀利。怎麼說呢，感覺很多行為都跟梅茵很像，讓人覺得非常可愛。

包括背景人聲在內的錄製結束後，櫻井先生便匆忙離開了錄音間。這次他似乎連來打聲招呼的時間也沒有，是由經紀人代為問好。當紅聲優還真辛苦呢。能由這樣的櫻井先生飾演斐迪南，我真是太高興了。

大家都在準備離開的時候，飾演齊爾維斯特的鳥海浩輔先生到了。寬敞的錄音間裡只剩下濱田洋平先生與鳥海先生兩人，而飾演歐托的濱田先生要錄製剛才跳過的場景。換作是我，面對這種情況肯定非常緊張。

為了配合飾演多莉的中原麻衣小姐先錄好的臺詞，濱田先生陷入了苦戰。也就是《小書痴的下剋上》裡特有的，首次見到貴族時要說的長長問候語。直到最後一個字為止，整句話的節奏都必須與先錄好的臺詞分毫不差。難度超級高。

而錄音師的工作，要把飾演歐托的濱田先生說出的臺詞，與已經錄好的多莉的臺詞結合起來。錄音師會播放兩人的臺詞進行比對。

錄音師「埃維里貝這四個字沒有對到。稍微快了一點。」

音響監督「歐托，生命之神埃維里貝這幾個字稍微快了一點。」

音響監督「現在如何？」

錄音師「嗯……得以有幸這邊有些對不上。」

就像這樣，只能反覆錄音，一直到兩人的臺詞可以完美重疊為止。上次因為所有聲優全員到齊，很順利就完成了錄製，但沒想到事後才配合的話，其他聲優會這麼辛苦。不對，在全員到齊的情況下亦能完美配合，這點其實也很了不起……

總之在目睹過如此辛苦的幕後工作以後，就覺得先錄音的人還真幸運。濱田洋平先生，真是辛苦了。

濱田先生回去以後，就是個別錄音的第三梯次。早上的時候也因為聲優人數不多，覺得錄音間格外空曠，但現在更是只有飾演齊爾維斯特的鳥海浩輔先生一個人。剛才還有十幾個人在，更顯得他形單影隻。

不過，錄音一樣非常順利。專家的技術果真不是蓋的。由於上次就參與過配音，這次並不需要設定聲線，也幾乎沒有地方需要重錄，鳥海先生竟然只花大約十五分鐘就錄完了有齊爾維斯特出場的場景。

鳥海先生「辛苦了。」

我與鈴華老師「辛苦了。」

鳥海先生豪爽地打完招呼，便大步流星地離開了。快得讓人嚇一大跳。同時也予人工作能力很強的印象。不過，還是很想在與其他人的對話中聽到他的配音呢。

鳥海先生離開後，在下一位聲優到來前約莫有一個小時的空檔。這段時間國澤老師出去了一會兒，責任編輯也曾離開去講工作上的電話……我和鈴華老師則是天南地北閒聊。啊，我們不只閒聊，還在要當贈品的簽名板上也簽了名喔，鈴華老師還畫了小小的插圖。這些也會當作贈品，敬請期待。不過，看到自己的簽名與聲優們的擺在一起，感覺真是奇妙呢。

接著是更換錄音工作室。要從可以容納十幾個人的錄音間＆相連控制室，移動到單人用錄音間＆相連控制室。聽說這種單人的錄音間，用途包括錄製有聲書等等。

不久，飾演夏綠蒂的小原好美小姐到了。抵達後她先是調整麥克風的位置、喬好聆聽配音指示的機器，接著便開始錄音。

國澤老師「聲音的年紀是不是該再年幼一點呢？」

音響監督「但故事裡頭過了兩年，現在這樣應該正好吧。」

我「我希望這次她與羅潔梅茵一起出場的時候，聲音聽起來會年長一些，所以這樣子剛剛好喔。」

判定沒有問題後，便直接開始錄音。這次夏綠蒂並沒有多少臺詞，小原小姐需要設定聲線的反倒是休華茲與珂琳娜。她一人分飾三角。

休華茲在音響監督「要有點像機器人」的指示下，一次就成功過關。喊著「公主殿下」的聲線真是太可愛了。對於小原小姐飾演的休華茲與中原小姐飾演的懷斯，我有信心自己絕對分不出來誰是誰。

另外測試時，珂琳娜的聲音聽起來像是很有朝氣的平民女性。

國澤老師「怎麼說呢，感覺是為了突顯商人的女兒這個部分吧。」

鈴華老師「可是，珂琳娜很溫柔婉約吧？」

我「珂琳娜雖然是平民，但畢竟是大小姐出身，還是請再柔美一點。」

我們提出了這樣的要求，請小原小姐演繹出柔美動人的珂琳娜。至於最後的成果嘛……完全可以理解歐托為何被迷得神魂顛倒。

小原小姐的錄音結束後，接著輪到飾演路茲的堀江瞬先生。堀江先生本人的言行舉止都給人一種可愛的感覺。

路茲也有場景要配合先錄好的班諾。雖然只是簡單的「遵命」一句話，沒想到難度意外的高。

音響監督「由於是來到城堡拜見領主，態度請再尊敬一些。」

堀江先生「啊，是。好的……尊敬、尊敬……尊敬地說遵命。」

最後一句自言自語不覺得太可愛了嗎？

回憶場景中，路茲的聲音也變年幼了。畢竟第一部初期路茲只有五、六歲而已，聲音當然與十一歲的時候不一樣。但當然我也不認為由同一個人演繹不同的年紀，會是件容易的事情。

這次堀江先生還飾演了哈特姆特這個角色。雖然只有一句臺詞，但仍是要設定聲線。測試後的結果……

音響監督「怎麼樣？」

我「……路茲瘋了。」

國澤老師「香月老師，妳這也太……」

鈴華老師「香月老師，妳這麼說太過分了吧！」

國澤老師與鈴華老師都笑了起來，但我的感覺真的就是這樣。腦海中最先冒出的感想就是：「路茲才不會說這種話！」

堀江先生「啊～……跟路茲太像了嗎？」

音響監督「對。麻煩你再用不同一點的聲線。」

不同的聲線是什麼？這種事很簡單嗎？我還在發愣的時候，堀江先生已經發出不一樣的聲音了。是聽來有些陶醉的哈特姆特。

音響監督「如何？」

我「沒問題。請就這樣進行錄音吧。」

哈特姆特的部分順利結束後，最後要錄製背景人聲。在一家人發出歡笑聲的場景，堀江先生必須獨自一人開心地笑上頗長一段時間。讓人很想在旁邊為他打氣說：「就快結束了，加油。」

雖然我也知道就是因為時間喬不攏，只能分開錄音，所以這也是沒辦法的事，但錄製背景人聲時真希望所有人都在場呢。只有一個人錄製的背景人聲，反倒讓聽著的我感到有些淒涼。

堀江先生「辛苦了……啊，恭喜您這次在『這本輕小說真厲害』榮獲第一名。」

我「咦？謝謝。您接下來還要去錄音吧？請加油喔。」

其實在收到他給我的「這本輕小說真厲害」祝賀留言時，我就與堀江先生在Twitter上互相跟隨了。最近的我可是相當了解堀江先生與長谷川小姐的工作動態。

上一次廣播劇錄製結束後，我曾鬥志昂揚，心想著要跟隨所有在Twitter上有帳號的聲優。然而，我在第一個人就遭受重挫。因為我搜尋了澤城小姐的名字以後，卻跳出好幾個看來就很可疑的假帳號，我立刻明白到這對自己來說是不可能的任務。畢竟我也不曉得本人有無Twitter帳號，所以還是等到疑似本人的帳號在我這裡留言後，再按跟隨好了。

最後一位前來錄音的聲優是飾演韋菲利特的藤原夏海小姐。藤原小姐雖是女性，但本人帶點英氣，有種很帥氣的感覺。

首先開始時，為了配合其他角色，音響監督要求韋菲利特的聲音也要成長幾歲。聽完指示，藤原小姐中氣十足地回道：「是！」感覺就像運動社團的成員。

由於上次錄音已經掌握了人物的性格與說話方式，稍微長大版的韋菲利特也很順利地開始錄音。

但是，很快便遇到了難關。就是與羅潔梅茵一起寒暄的場景。連短短的臺詞要在事後才完美配合就已經很困難了，更何況是長長的一句話。

藤原小姐「抱歉，發音是埃維？還是埃比？」

音響監督「是埃維喔。」

錄音師「不好意思，『嚴格遴選，得以有幸』中間那一拍請稍微拉長一點……」

藤原小姐「稍微拉長……是！我試試看。」

中間停頓的這一拍與埃維里貝的發音節奏其實相當因人而異，這時又不能根據對方的呼吸與嘴型來互相配合，所以真的很困難。要如何調整兩人間細微的差異，十分考驗錄音師的技術。

韋菲利特的錄音結束後，藤原小姐還要扮演背景人聲中的女學生。沒想到女學生的聲音居然可愛到讓人心跳漏了一大拍！完全聽不出與韋菲利特是同一個人。

錄音結束以後，我去了趟洗手間。回來時與準備要離開的藤原小姐碰個正著，便聊了幾句話。

我「辛苦了。」

藤原小姐「啊，辛苦了。」

我「上一輯的廣播劇推出後，很多感想都說飾演韋菲利特的聲優，聲音就跟想像中一模一樣喔。」

藤原小姐「真的嗎?!好耶！」

藤原小姐高興得舉起拳頭，用全身表達喜悅。這副模樣太像韋菲利特了，讓人不覺莞爾。

就這樣，廣播劇第二輯的錄製正式宣告結束。這次的錄製時間比上一次還要久。所有參與聲優以及工作人員，真的都萬分辛苦了。儘管這次必須分開錄音，但我會期待著完美結合後的成品。

※此篇配音觀摩報告刊登於二〇一八年六月九日發行的「廣播劇2」官網，收錄時予以增刪修改。文中內容與日期皆以當時為主。

嘡嘡——
でで——ん
二〇一八年一月某日——
我再一次前往《小書痴的下剋上》廣播劇錄製現場參觀！
第2輯
小書痴的下剋上廣播劇配音觀摩報告漫畫
鈴華
萬萬沒想到推出了第二輯！
祈禱獻予諸神!!
筆直
第一輯的時候——
CD的價格便宜到嚇了我一跳。
和樂融融
營收不會有問題嗎？
我與香月老師還有過這樣的對話，但好像沒問題。
隨著劇情進入第四部，首次登場的角色增加不少。
羅潔梅茵．麗乃：澤城美雪
斐迪南：櫻井孝宏
齊爾維斯特：鳥海浩輔
韋菲利特：藤原夏海
夏綠蒂／休華茲／珂琳娜：小原好美
芙蘿洛翠亞／索蘭芝：長谷川暖
班諾：武內駿輔
路茲／哈特姆特：堀江　瞬
歐托：濱田洋平
馬克：菊地達弘
安潔莉卡／艾薇拉：淺野真澄
尤修塔斯：間島淳司
達穆爾：田丸篤志
黎希達：中根久美子
法藍／昆特／谷斯塔夫：伊達忠智
卡斯泰德：濱田賢二
多莉／懷斯：中原麻衣
柯尼留斯／伊娃／布倫希爾德：依田菜津
赫思爾：田中敦子
感謝獻予諸神!!
跪拜～
聲優陣容也變得更是豪華！
※名單省略敬稱
也因爲人數眾多的關係，有的聲優很難在正式錄音的時段趕到，
便採取了「分開錄音」的方式分頭錄音。
第一輯
現正熱賣中
由於上一次全程參與過錄音，大家已經掌握作品的氣氛了，才能採用這樣的做法。
早
傍晚
正式錄製
分開錄製

儘管中間會隔了一段時間，但每個角色的演繹依然原汁原味，讓人佩服專家的技術。
一年級生要全員一舉合格
把手插在腰上的澤城小姐
我也不明白她為何成了主人
歪頭的櫻井先生
咕唔唔唔
而所有的新角色也和上次一樣，透過測試逐一設定聲音的年紀與角色氣質。
其中最有趣的是——
測試中
控制室
呃，尤修塔斯嘛……
而且因爲出場角色變多，其他角色的分飾也非常精采。
編劇 國澤老師
他有點奇怪。
聲音的年紀要再提高一些吧。
感覺讓人捉摸不定？
講話還有點油嘴滑舌。
尤修塔斯
所有人都有著尤修塔斯＝怪人的印象。

上一次，中原小姐一人飾演了正好截然相反的兩個角色，讓人嘖嘖稱奇；
這次並未出場
喬琪娜&多莉
哈特姆特&路茲
這一次，堀江先生所飾演的兩個角色也可說是截然相反，非常有趣。
此外，錄音途中還有這樣的插曲──
關於萊瑟岡古夫人的這句臺詞……
嗯？
啊，不對喔。這裡出場的是伯爵。
是個看起來隨時會倒地的老爺爺吧？
想不到竟然會弄錯性別……
最終是由櫻井先生來扮演萊瑟岡古伯爵！
磅！
敬請期待櫻井先生使出渾身解數所演繹的老爺爺聲線。
※由於伯爵沒有人物設計圖，就由斐迪南來代表一下。
順便告訴大家，當時控制室裡是一片爆笑。
一句話帶來的效果……
譁然！

最後，不是必看場景，而是必聽重點介紹！
大家最喜歡的「令人頭痛的報告書」
勞碌感滿滿的三名監護人……
看來和藹可親的
索蘭芝老師
全部都是一勉強合格!!
拍
就是這樣赫思爾就是這種感覺!!
嗯嗯
嗯嗯
其他也通通都是名場面，敬請期待正式發售的廣播劇！
TO BOOKS官網已經開放預約！六月九日發售喔♪
一定要買喔！
成長……
完

※此篇漫畫刊登於二〇一八年六月九日發行的「廣播劇2」官網，收錄時予以增刪修改。
文中內容與日期皆以當時為主。

《小書痴的下剋上》廣播劇5 配音觀摩報告

香月美夜

二〇二〇年某日，我前往配音現場參觀。

原定時間不幸碰上了肆虐的新冠肺炎疫情。由於許多動畫的配音工作完全陷入停擺，廣播劇5的配音計畫自然也延期了。隨著自主管理開始階段性解除，藉由採取每位聲優單獨錄音的做法，總算勉強重新排好日程。

移動時我沒有使用大眾交通工具，而是由責任編輯開車接送，防護做得非常徹底。責任編輯說自己在疫情爆發後便經常開車，還說現在路上的車流量開始慢慢變多了。

一路上最令我印象深刻的，就是大樓的廣告看板。現在因為路上行人不多，店家無法開門做生意，看板也就沒有投放廣告。以往總會看到許多占滿整個視野的大型廣告，如今這些看板全是一片空白。

而且空店面似乎也變多了。即使政府發布的緊急事態宣言解除了，這些店面也不會馬上有商家進駐吧。畢竟外面的世界不可能一夕間就變得安全無虞，還得考慮到或許會有第二波甚至第三波疫情。

雖說行人開始變多，但整座城市還是冷冷清清。我看著這樣的街景，抵達了錄音工作室。進入建築物之前，首先要消毒。到處都有消毒酒精。

「防護真是徹底呢。」

「那是因為……絕不能有人在這裡確診。」

今天與以往不同，實施徹底的單人錄音。而且每當要換下一位聲優進來前，都得先讓錄音間通風換氣並進行消毒；控制室也在能夠保持社交距離的前提下，只讓最基本的工作人員入內。

目前控制室裡，在擺有器材設備的前方，分別坐著音響監督、錄音師與錄音師助理。後方則有責任編輯、我與編劇國澤老師。以前控制室裡總有超過十名以上的人，現在卻只有六個人。

而且待在後方的我們還分別坐在右側牆邊、正中間與左側牆邊，距離相隔遙遠。真是教人感到孤單的社交距離。雖然很感激，也明白有其必要性，但這距離還是很驚人。

「香月老師，能麻煩您先簽名嗎？請在這裡簽名，然後書名寫在這裡。」

由於開車無法準確預估到達時間，我們提早出發的結果，就是有些太早抵達了。就連工作人員也還沒到齊，我便先往已成慣例的簽名板簽名。快簽完時，人也陸陸續續變多了。

「對了，我聽說動畫一類的配音工作也停擺了吧？最近重新開始了嗎？」

「正一點一點慢慢開始，但基本上都得在人數很少的情況下進行錄製，所以以前半天時間就能結束的錄音，現在有時候得花上一、兩天……根本無法按照以前的進度。」

錄音師與我分享了錄音工作室近來的情況。

「收音上也讓我們傷透腦筋。為了盡量縮短錄音時間，我們還會在兩個麥克風之間拉起簾子，每次讓兩個人進來錄音。」

「……但中間多了簾了，不會有奇怪的回聲嗎？」

「就是這點難以取捨。是想要音質？還是想要趕快錄完？」

真的處處都是難題，也難怪動畫遲遲無法完工。一想到今後也不可能馬上就恢復原樣，這種艱難的情況還會持續好一陣子吧。希望真有第二波、第三波疫情來襲的時候，至少情況不會變得更嚴重。

接著我與責任編輯簡單討論了下今後的安排，也與編劇國澤老師針對這次的劇本指出注意到的錯字，不久便到了開始錄音的時間。

這次桌上除了有劇本和香盤表，還有以往錄音時從沒出現過的時間表與背景人聲確認表。為了讓單人錄音可以順利進行，準備工作堪稱完美。這樣周到的準備工作，感覺得出肯定出自經歷豐富的老手。

以前我雖然也參與過分開錄音，但這種從頭到尾都是單人錄音的情況還是頭一遭。這樣一來也能細細品味每位聲優的聲線，其實也算是種初次體驗，相當有趣。

○小林裕介先生

第一位錄音的聲優，是同時飾演艾克哈特、肯特普斯與中領地騎士B的小林裕介先生。

由於已有兩次扮演艾克哈特的經驗，再加上這次臺詞不多，所以這個角色一下子就錄完了。

不過，肯特普斯是首次登場的新角色。他曾在第五部I的〈終章〉裡出場過，是藍斯特勞德的見習文官。在「成為小說家吧」網站上連載的《漢娜蘿蕾的貴族院五年級》（暫譯）中，肯特普斯雖然是主要角色，但在《小書痴的下剋上》裡卻幾乎不曾出場。

「肯特普斯是頭一次登場，那他是怎樣的角色？關於個性，是很單純還是有其他形容……」

「呃……他的個性有些腹黑，點子也很多，但同時做事也很認真喔。我希望能同時表現出文官的深沉與個性認真的一面。還有，他雖然是藍斯特勞德的近侍，但也是堂弟。所以做為近侍，講起話來比較沒那麼拘謹。」

回答完問題後，測試就開始了。聽完測試的聲音，我與國澤老師都環抱著手臂發出「嗯……」的沉吟。雖然方向對了，但又有些不太對，而這所謂的「不太對」，又很難用言語來解釋。

「講話方式會不會太稚氣了？」

「是啊。現在的聲色可以繼續保持，但希望語氣能再成熟穩重一點。」

即便是如此籠統的要求，聲優仍能馬上修改成我們想要的感覺，真不愧是專家。每次我都佩服得五體投地。成功變成了讓人很期待他今後成長的肯特普斯。

聲線設定好後，接著是對測試時的內容各自提出意見。

「這邊全是肯特普斯的臺詞，能把這裡分給藍斯特勞德嗎？」

「可以……我想應該沒問題。」

回想了第五部Ⅰ〈終章〉的內容後，我判定這裡更改成藍斯特勞德的臺詞也沒問題，於是點一點頭。

「那麼，下一個是中領地的騎士B。」

這是個沒有名字的路人角色。然而在聽到設定的聲音後，我與國澤老師都睜大眼睛。

「聽起來完全是中年大叔呢。」

「中領地的騎士全是貴族院的學生喔，所以聲音的年紀請設定在十四至十五歲。只有中央騎士團的騎士是中年大叔。」

「咦？是學生嗎?!真的假的……其他人沒問題嗎？」

小林先生雖然可以順利地發出少年聲線，但音響監督看著香盤表一臉憂心忡忡。因為中領地的騎士A是由井上和彥先生飾演。

路人角色的錄音結束後，接著要錄背景人聲。背景人聲就是周圍的喧譁聲與倒抽口氣的聲音等等，而現在這些都要單獨錄音。雖然對聲優來說這就是平常的工作，他們應該也習以為常了，但在旁參觀的我聽著只有一個人發出的戰鬥場面吆喝聲，實在很難想像出最後的成品。

「要請你唸一下第〇頁的『哥替特』。這部分之後還會請其他人幫忙，所以麻煩你加上『預備』的吆喝聲。」

「知道了。那個，請問『哥替特』的發音或是重音……？」

「是『哥替特』。」

確認過發音以後，便連同吆喝聲一起進行錄音。接下來可當作範本的「哥替特」就完成了。之後將會一再播放，供其他聲優當參考。

「第〇頁的第×行，請用飾演角色以外的聲音……」

「等一下。這句話請用肯特普斯的聲音，因為他也在場。」

「好。這句話請用肯特普斯的聲音。」

當周遭眾人一陣譁然、倒抽口氣的時候，其實肯特普斯也在其中。就算聽不出來也沒關係，重點在於要有他的存在。

這次請小林先生幫忙錄了許多背景人聲，幸好仍在表定時間內完成錄音。

在工作室內簽名完後，小林先生就離開了。

「辛苦了。」

○速水獎先生

第二位聲優是飾演斐迪南的速水獎先生。畢竟已是資深聲優，再加上也十分熟悉斐迪南這個角色了，所以錄音非常順利。況且與處在發育期的角色不一樣，聲音也不用再多加幾歲……（笑）。

「第〇頁，這裡的『持』是不是唸成『待』了？」

「這麼說來，上次也有聲優唸錯呢。乍看下確實很容易混淆。」

「第×頁，『雷蒙特』唸成『萊蒙特』了。」
雖然有幾個地方唸錯，但整個過程十分順暢。

「啊，這裡……我希望這兩個『非常好』能更明顯的不一樣。」

「我懂。有點聽不出來是不是毫無起伏。」

「看要前面的『非常好』再溫柔一點，還是這邊的『非常好』再沒有起伏一點，兩種做法都可以……」

音響監督傳達了我與國澤老師的要求後，結果速水先生提供了刻意至極且毫無情緒起伏的「非常好」！控制室內一陣爆笑。

緊接著是無比珍貴的「謝謝妳們」！

就算不是羅潔梅茵，相信任誰聽了心裡都會一陣感動。我保證斐迪南迷們肯定會和羅潔梅茵還有黎希達一樣「唔……！」地發出呻吟，好一陣子無法動彈。

「背景人聲的話……由於太醒目，我看還是算了吧。」

「迪塔上要是出現了斐迪南，那可不得了呢(笑)。」

「辛苦了。」

在音響監督與錄音師的判斷下，速水先生不必錄製背景人聲，工作便結束了。

明明安排了一個小時，結果不到三十分鐘就結束了！好快！

錄音結束後，國澤老師曾感慨萬千地這麼說。

「速水先生正式錄音時，聲音都會有種氣勢呢。」

每次速水先生正式開始錄音，聽到他聲音的瞬間我都會忍不住「嗚哇」地叫出聲，全身冒起雞皮疙瘩。她指的就是這種情況吧。

「速水先生測試時與正式錄音時的聲音會明顯不一樣喔。就像是打開了開關……還有，可能是疫情期間都在休息，所以喉嚨的狀態很好吧？聲音比以往還要清亮。」

聽著錄音師的解說，我「哦哦」地不住點頭。雖然我根本聽不出這麼細微的差異，但這次因為單獨錄音的關係，正好能感受到聲優們在測試時與正式錄音時的切換，可以說是寶貴的收穫。

○井口裕香小姐

接著下一位是飾演羅潔梅茵的井口裕香小姐。

由於井口小姐還要錄製有聲書，即便動畫的配音結束了，仍會持續投入《小書痴的下剋上》世界裡，所以錄音十分順利。只不過收錄的臺詞數量太多，她一個人就安排了兩小時的錄音時間……

「不好意思，可以問個問題嗎？關於『奧伯·戴肯弗爾格』的唸法，是要明確地唸成兩個單字？還是當成一個單字？」

「老師，妳說呢？」

「這我也不知道呢……因為奧伯·戴肯弗爾格就是奧伯·戴肯弗爾格啊。」

「嗯……就當一個單字。」

……原來如此。這種唸法算一個單字啊。

另外，井口小姐還與「緋亞弗蕾彌雅」陷入了苦戰……這就是小書痴的名產，難唸的神祇名字。與「蓋朵莉希」不相上下的難唸。井口小姐，對不起喔。其他人也對不起。

「第○頁唸成『錫爾布蘭特』了，應該是『錫爾布蘭德』。」

「請問對亞納索塔瓊斯的稱呼，可以統一為『亞納索塔瓊斯王子』嗎？」

「第×頁井口小姐把『被抱了起來』唸成『被抱起來』，請問哪一種聽來比較順耳呢？如果比較順耳的話，請改成『被抱起來』。」

「第△頁請像廣告一樣，不要有機器人的感覺。要像廣告宣傳那樣熱情呼籲。」

傳達了幾個要修改的地方以後，便正式開始錄音。

就在剛好錄到一半的時候，音響監督問道：「要休息一下嗎？」因為身為主角，井口小姐的臺詞量是最多的。跟第二多的角色比起來，臺詞量還是其三倍以上。預估的錄音時間更因此排了兩小時。

「啊，我沒問題喔。只要大家還可以，就請繼續錄音吧。」

「了解。那就繼續吧。」

結果大概是因為中途沒有休息、直接一口氣錄完的關係，只花了大約一個半小時就結束了。

兩位主角都有種超級工作狂的感覺呢。好快啊，太快了。

「辛苦了。」

「井口小姐也辛苦了。」

「我本來還很期待NICONICO動畫的直播活動呢，活動取消真是太可惜了。」

「是啊，太遺憾了。而且幾乎是到最後一刻才決定取消……」

原定四月二日有個NICONICO動畫的直播活動，卻因為疫情的關係，眼看活動就快要到了還是取消。原本我會以不露臉的方式參加，然後回答大家的問題，所以還很期待能在工作室見到井口小姐與速水先生。

為了這場直播活動，動畫官網還向觀眾募集了問題，最終在Twitter上公開回覆。

https://twitter.com/anime_booklove/status/1250363234823147521

https://twitter.com/anime_booklove/status/1252899515893719O4

https://twitter.com/anime_booklove/status/1255436664450752512

https://twitter.com/anime_booklove/status/1257973382575828993

尚未看過的讀者歡迎前往閱覽。

「期待下一次機會了。」

儘管暫時還不太可能，但希望真的還有下一次機會呢。

○渡邊明乃小姐

渡邊明乃小姐是這次新加入的聲優，同時飾演赫思爾與傅萊芮默。

她給人留下的印象非常強烈。原本的聲音在切換成赫思爾時簡直出神入化！

聲優真的好厲害！

聲音呈現出來的感覺根本是角色本人。

「好厲害喔，完全就是角色本人呢。赫思爾老師維持現在這樣就可以了。」

「嗯……說話速度或許可以再慢一點。」

國澤老師如此建議後，便請渡邊小姐稍微放慢講話速度。

哦哦，原來如此。調整過後確實又更符合角色了。

聲線設定好後，錄音便進行得十分順利。

真不愧是資深聲優。

接著是傅萊芮默這個角色。

雖然只有一句臺詞，但刺耳又歇斯底里的女性聲線簡直演活了傅萊芮默，控制室裡一片爆笑。

「香月老師，已經很完美了吧？」

「太完美了。」

錄製背景人聲時，渡邊小姐還演繹了可愛的女學生、少年見習騎士，還有年長的侍從等，聲音宛如變色龍般千變萬化。

她在聲音與氣質的轉換上可謂神乎其技。

資深聲優實在了不起。

○石見舞菜香小姐

這次石見舞菜香小姐同時飾演菲里妮、布倫希爾德與莉瑟蕾塔，全是羅潔梅茵特別可愛的近侍們。

這三人不僅年紀相仿，劇本上甚至還有彼此相鄰的臺詞，我想應該很難才對……然而，三個人她竟演繹出了三種不同的可愛聲線。太強了吧？

我真的嚇一大跳。因為菲里妮年紀比較小，只要聲音稚嫩一點，還有辦法做出區別；但要將布倫希爾德與莉瑟蕾塔演出不同，我本來還覺得非常困難。

然而，石見小姐做到了。好驚人。

菲里妮是還帶點稚氣的可愛聲線。

布倫希爾德是上級貴族特有的，帶有千金大小姐威嚴的聲音。

莉瑟蕾塔是文靜乖巧的柔美聲線。

而且不光聲音，石見小姐還會根據每個角色明確表現出不同的說話語氣。

太精采了。我忍不住在心裡拍手喝采。

此外，就只有一開始把「斐迪南」唸錯成「費迪南」，後來的錄音都非常順利。現在回想起來，石見小姐每次的錄音都很順利，甚至讓我在寫觀摩報告時傷透腦筋。

接著也同樣請石見小姐幫忙錄製路人的臺詞與背景人聲。

「那邊的背景人聲請用布倫希爾德的聲音。」

「請用莉瑟蕾塔的聲音再來一次。」

就像這樣，在羅潔梅茵的近侍們都倒吸口氣的場景裡，請她提供了幾道人聲。

「那接下來請用飾演角色以外的聲音，扮演第×頁艾倫菲斯特的近侍……」

「請等一下。這個是古德倫，不是路人。」

回憶場景中，儘管劇本上標示著「艾倫菲斯特的近侍」，但這明顯是古德倫的臺詞。

「是有名字的角色嗎？是誰？」

「是男扮女裝的尤修塔斯。所以麻煩飾演尤修塔斯的關先生來唸。」

「……真的假的啊。」

音響監督他們立即在劇本與表單上標註預定要做的變更。

「石見小姐，抱歉。那是其他人的角色。那麼妳的部分就錄完了。辛苦了。」

敬請期待可愛的女性近侍三人組。

○遠藤廣之先生

第一天最後一位錄音的聲優是遠藤先生。他一人飾演三個角色，分別是羅德里希、伊格納茲與拉薩塔克。伊格納茲是韋菲利特的見習文官，拉薩塔克則是戴肯弗爾格領主候補生藍斯特勞德的見習護衛騎士。

由於前幾輯的廣播劇裡，遠藤先生已扮演過羅德里希與伊格納茲，所以這部分的錄音很快便結束了。這兩人也是年紀相仿，又都是見習文官，明明劇本上臺詞相鄰，但聽起來卻完全是不同人。

一個是感覺畏縮怯懦的中級見習文官羅德里希，一個是韋菲利特的近侍上級見習文官伊格納茲。

太厲害了。

要設定聲線的新角色是拉薩塔克。

拉薩塔克這個角色一看就是戴肯弗爾格出身，而且非常喜歡迪塔，給人的感覺很像天然小狗狗。測試時的聲音沒什麼問題，聽起來就開朗又直爽。

「想請你幫忙錄製背景人聲。首先，是第○頁的戴肯弗爾格。」

「啊，關於比迪塔時戴肯弗爾格見習騎士的背景人聲，請用拉薩塔克的聲音。因為他也在現場。」

「了解。那請用拉薩塔克的聲音。」

於是遠藤先生用拉薩塔克的聲音發出了「噢！」的吆喝聲，還有戰鬥時的呼吸聲。

「這邊倒抽口氣的地方，請用羅德里希的聲音。」

在羅潔梅茵的近侍們齊聚一堂的場景裡，又請他切換成羅德里希的聲音。

真的是變換自如呢，佩服佩服。

「以上。辛苦了。」

這天的錄音結束後，我與國澤老師還有錄音師一起討論效果音效。

「第○頁這裡標註著『打開開關』，但魔導具發動時是怎樣的聲音？」

「總之不是『喀喳』喔。應該就和施展魔力時的音效差不多，能麻煩你們嗎？類似『嗚嗡——』或者『咚隆～』之類的……」

「老師，這兩種完全不一樣喔。」

「……還是交給你們決定吧。」

這種困難的事情還是交給專家，第一天的錄音就此宣告結束。

由於這次是每位聲優都要單獨錄音，整體得多花不少時間。以前通常只花一天的時間就能全部搞定，行程無法配合的聲優再另外敲時間，但這次是從一開始就安排了三天的錄製時間。

而我只參加有新聲優加入的第一天與第二天錄製，第三天的錄製就交給鈴華老師與國澤老師……因為截稿日的關係，這次我與鈴華老師是分頭參加。

「香月老師，妳身體還好嗎？明天還有一整天……」

「我想盡可能來現場確認新角色的聲音，所以會加油的。」

○豐口惠小姐

錄製第二天，最先進來的是新加入的聲優豐口惠小姐。她同時飾演戴肯弗爾格的第一夫人齊格琳德，以及漢娜蘿蕾的首席侍從柯朵拉。

首先是設定齊格琳德的聲線。

測試時我的感想是「太可愛了」。比起戴肯弗爾格的第一夫人，更像是尋常的貴族千金。

「不如請她調高聲音的年紀吧？」

音響監督傳達了國澤老師的意見後，豐口小姐有些陷入苦惱。

「我可以試試看，但調高年紀的話，可能會與柯朵拉很像。」

「柯朵拉嗎……確實很像。」

畢竟齊格琳德與柯朵拉兩人原本在形象上就很類似了。一個是漢娜蘿蕾的母親，一個是漢娜蘿蕾的指導員兼親戚。

「總之保持現在這樣的聲線也沒關係，但我希望感覺再高傲一點。」

「是啊。要有身處高位，給人睥睨眾人的感覺。」

聽完我與國澤老師的建議，音響監督歪過了頭。

「要有睥睨眾人的感覺嗎？」

「其實齊格琳德的地位很高，非常了不起喔。在戴肯弗爾格與在艾倫菲斯特，第一夫人的地位是完全不一樣的。」

「與漢娜蘿蕾對話的時候，請用測試時的那種感覺。因為測試時表現出來的母親慈愛感非常好。」

測試時，豐口小姐也與神祇的名字陷入苦戰，但正式錄音時毫無問題。

錄音很順利就結束了。

柯朵拉則在測試時使用了提高年紀的聲線。

這個角色完全沒有問題。接著便照測試時的聲音進行錄製，再加上臺詞也不多，很快就結束了。

之後也請豐口小姐幫忙錄了許多背景人聲。

○宮澤清子女士

如同上次，宮澤女士同時飾演黎希達與索蘭芝。

「第○頁這裡我希望再慌張一點。因為她待在看臺上什麼也不能做，只能在旁觀賽，比賽一結束又看到羅潔梅茵臉色慘白，眼看就要在王族面前暈倒。」

「第×頁唸成『蒂緹琳德』大人了，是『蒂緹琳朵』才對。」

傳達測試時有哪裡需要改正後，宮澤女士很快便調整過來。

接著換索蘭芝這個角色。聽到測試時的聲音，我與國澤老師都「咦？」地歪過頭。

「索蘭芝老師的聲音跟之前不一樣呢。我記得要更柔和一些。」

「之前更細一點也更溫順吧？可以調出之前的集數進行確認嗎？」

「資料有是有，但如果不知道第幾分鐘的話……」

錄音師與錄音師助理立刻開始尋找之前的錄音資料。國澤老師拿出隨身攜帶的筆記型電腦，察看起廣播劇4的劇本。

「是從前面開始到三分之一左右的地方。在場景2。」

錄音師助理馬上在廣播劇4裡尋找索蘭芝的聲音檔。速度又快又準確，快到讓人忍不住大喊：「好厲害！」

確認過檔案裡索蘭芝的聲音後，再播放給宮澤女士聽。因為還加了背景音樂，有些難以聽辨，但這也是無可奈何。

「啊，抱歉還麻煩各位找出來。謝謝。」

宮澤女士隨即用索蘭芝的聲音開始配音。

後來背景人聲的錄製，主要都是黎希達倒吸口氣的場景。因為黎希達是羅潔梅茵的首席侍從，經常與羅潔梅茵同時在場。

音響監督他們反覆檢查表單，確認沒有遺漏之處。

「好的，辛苦了。今天的錄音到此結束。」

「辛苦了。」

○山下誠一郎先生

接著是山下誠一郎先生。這次他同時飾演柯尼留斯、洛飛與亞納索塔瓊斯。

柯尼留斯這個角色很快就結束了，只有修改一下劇本而已。

「抱歉，第○頁因為好幾句都是『喔』結尾，第×行的『喔』請刪掉。」

「了解。」

接下來是洛飛這個角色。

這次因為有求娶迪塔，洛飛的臺詞還不少，而且很多臺詞都很帥氣。那種戰鬥時呼吸急促，用粗啞聲線喊出的臺詞真的演繹得非常精妙。充滿熱血的臺詞也撼動人心。

「這裡請表現出拿著擴音器對眾人說話的感覺。」

「是。」

就連音響監督這種讓人摸不著頭緒的指示，山下先生也能馬上應對。順便告訴大家，我根本聽不出差異，只覺得：「哪裡不一樣了？所以那是怎樣的感覺？」這種時候我只能安靜在旁邊看著，心想「專家果然了不起」。

不過，洛飛這個角色對喉嚨造成了很大的負擔呢。

聽到音響監督說：「早知道洛飛應該排在最後才對。」所有人皆表示同意。

最後是新登場的角色，第二王子亞納索塔瓊斯。

首先要設定聲線。

「聲音聽起來是美男子沒錯，但太親切了，感覺有些偏向柯尼留斯。請更有王族氣息，要有種高貴的感覺。」

「是啊。在這個出場的場景中，請更有氣勢一點，就是上位者來了的感覺。」

音響監督將我與國澤老師的意見轉達給山下先生。

「啊，王子來了。變成王子的聲音了。」

「這句臺詞最好再多點睥睨的感覺呢。請帶有能讓人閉上嘴巴聽從的威嚴。」

就這樣，亞納索塔瓊斯獲得了王族該有的聲音。

居然不管插圖還是聲音都是美男子……真是太便宜亞納索塔瓊斯這傢伙了。但這點小感想就放在心底保密吧。

○寺崎裕香小姐

再來是飾演韋菲利特與優蒂特的寺崎小姐。

這次韋菲利特算是第二主角，所以臺詞量偏多。

「第○頁這邊，由於接下來就要展開對決，最後的語氣請再強硬一些。」

「蓋朵莉希唸成朵蓋莉希了。」

「不好意思，這裡的第一人稱不是唸成『我（わたくし／Watakushi）』，請唸成『我（わたし／Watashi）』。」

此外，韋菲利特有句臺詞有「保護」兩個字，寺崎小姐不小心有些破音。她道歉說著「啊啊，對不起！」的樣子個人覺得超像優蒂特，非常可愛。

除了這些並沒有什麼問題，錄音十分順利。

韋菲利特的錄音結束後，接著輪到優蒂特。優蒂特因為臺詞不多，很快就結束了。優蒂特的慘叫很可愛喔。

至於迪塔時的背景人聲，韋菲利特與優蒂特都有場景需要收錄，所以有好幾次都是說著：「這裡請用優蒂特，這裡請用韋菲利特。」請她錄製兩種不同的慘叫與吶喊。

這種角色間的切換每次都讓我嘆為觀止。

○內田雄馬先生

讓錄音間通風換氣以後，內田先生便開始做準備。

這次他同時飾演哈特姆特與藍斯特勞德。

「還請多點心機深沉的糾纏不休感，讓人一聽就知道是哈特姆特。」

「雖然有些過頭了，但大方向沒錯。」

來回討論了幾次後，哈特姆特的部分就錄完了。因為臺詞不多，內田先生也已經熟悉這個角色了（笑）。

接著要設定新角色的聲線。是戴肯弗爾格的領主候補生藍斯特勞德。

在這次的廣播劇裡，他是與漢娜蘿蕾還有韋菲利特不相上下的重要角色，所以臺詞數量也不少。

藍斯特勞德的聲線一次就過關了。

聲音兼具了強悍、帥氣，以及上位領地領主候補生特有的傲慢。

「那個……『真可怕啊』的『啊』請刪掉。」

「香月老師，這裡的『很好』是唸作『ii』還是『yoi』？」（譯註：日語的「很好」（良い）有兩種唸法，分別是「ii」與「yoi」。）

「貴族大人請唸『yoi』。」

「嗯……請問第○頁第×行的『下任奧伯』前面能不能加上『我是』這兩個字？」

討論完該改正的地方後，接著便迅速開始錄音。

「藍斯特勞德還真帥耶。」

錄音結束以後，國澤老師感慨甚深地這麼說。我完全可以理解。

因為帥氣程度真的超出預期。僅僅靠聲音，藍斯特勞德的俊美程度就急速上升……明明不該這麼帥才對啊。就是這種感覺。

身為作者我可以在此預言。如果有人是藍斯特勞德的粉絲，在聽完這齣廣播劇後肯定會摀著心臟滿地打滾。

○井上和彥先生

與內田先生互相分享了些聲優們的工作近況後，接著進入錄音間的是井上先生。這次他同時飾演齊爾維斯特與中領地的騎士A。

由於之前就飾演過了，測試時聲音毫無問題。只不過諸神的名字果然棘手，出現了「啊～……」的情況。對不起。

「第〇頁的『漢娜蘿蕾』是不是唸成『漢娜蘿娜』了？」

「第×頁的臺詞請再嘟囔一點、類似不讓其他人聽見……就是那種開會時偷偷講上司壞話的感覺。」

「啊，請修改一下劇本。第×頁雖然寫著『初次見面』，但其實不是第一次喔。」

聽到我這麼說，國澤老師睜大眼睛：「咦？齊格琳德不是首次登場嗎？」本傳當中，齊格琳德確實是首次登場。

「羅潔梅茵是第一次見到她沒錯，但齊爾維斯特每年都會在領主會議上與她碰到面喔。」

「啊！」

呼，幸好注意到了。好險、好險。這種細節如果只大略看過劇本，就會覺得劇情發展很自然，根本不會注意到吧。

齊爾維斯特的錄音結束後，接著是中領地的騎士A。也就是第一天錄製時，才發現原來身分還是學生的騎士A……

「中領地的騎士A其實還是少年，所以要麻煩你用少年的聲音進行錄音。」

「……這樣啊。唔，我可以嗎……」

音響監督十分過意不去地提出請求後，井上先生面帶苦笑，但還是嘗試演繹了中領地的見習騎士。

「好年輕！太完美了！」

「好強、好強！」

音響監督等一行工作人員都興奮得拍手鼓掌，井上先生則是有些鬆了口氣：「那太好了……」我與國澤老師的反應倒是相當平淡。

「噢噢，好年輕喔。」

「哇啊，井上先生也能發出這種聲音啊。」

看到我們的反應這麼遲鈍，錄音師興奮地告訴我們這種情況有多難得。

「太強了，聲音就和以前一模一樣，真的很了不起。現在居然還有機會聽到井上先生的少年聲線，平常人想聽還聽不到喔！」

什麼，原來井上先生的少年聲線這麼珍貴。萬歲！

井上先生，謝謝您！

○諸星堇小姐

接著進入錄音間的，是為《小書痴的下剋上》動畫第一季與第二季演唱片頭曲的諸星堇小姐。這次她也同時飾演漢娜蘿蕾與萊歐諾蕾。之前的廣播劇中，由於她是在其他天分開錄音，所以這是我第一次參觀諸星小姐的錄音。

首先從測試開始。

漢娜蘿蕾的聲音端莊又可愛，只是有些太過年幼，便請諸星小姐稍微調整年紀。這麼說來，想想上次錄製時的內容，角色確實也成長了幾歲呢。

除此之外沒什麼問題。

「第〇頁唸成『我（わたし／Watashi）』了，請改成『我（わたくし／Watakushi）』。」

「第×頁這邊《斐妮思緹娜傳》出現得太突然了，可以在前面加上『羅潔梅茵大人借我的』嗎？」

「第×頁因為是把小說裡羅潔梅茵的獨白直接挪過來，所以臺詞寫著『男性』，但由漢娜蘿蕾來說的話就不太合理，還請改成『男士』。」

除了劇本需要修改，其他並沒有什麼需要請諸星小姐修改的地方。

就連先一步錄好的齊格琳德的寒暄，她也配合得非

常完美，一次就過關。

技術真是高超。

而且這次的廣播劇中，漢娜蘿蕾也是重要角色之一，所以臺詞量相當多，但錄音卻很迅速地結束了。

漢娜蘿蕾的錄音結束後，接著是萊歐諾蕾。這個角色與漢娜蘿蕾截然不同，所以請諸星小姐呈現出可靠大姊姊或是幹練女秘書的感覺。此外在戰鬥的場景中也是英姿颯爽，演繹得十分出色。

幾乎沒出什麼差錯，錄音就結束了。

另外還錄了背景人聲。但就在我讚嘆著漢娜蘿蕾與萊歐諾蕾的笑聲切換好厲害時，錄音也一下子就結束了。

真的是集技術、速度與可愛於一身呢。

佩服之至。

「辛苦了。」

「辛苦了。對了，我收到過好幾封訊息，都說片頭曲非常好聽喔。」

「哇啊，太好了。謝謝您。」

我身邊的人都無比佩服，覺得諸星小姐居然能把那麼難的歌唱得那麼好。我也跟著家裡的卡拉ＯＫ一起唱過，真的很難。明明很喜歡這首歌，自己卻完全唱不了。就算聽了幾百遍也還是唱不了。

大家可以嗎？

○本渡楓小姐

接著是本渡楓小姐。她同時飾演夏綠蒂與安潔莉卡。等候時，本渡小姐的坐姿之端正令我印象深刻。她的背挺得非常筆直，認真研讀劇本的側臉和雙眼也十分美麗。

但撇開我個人對她的印象不說，總之夏綠蒂就和上次一樣，所以是以相同的聲線進行錄製。過程中我不禁覺得，也許下次就可以稍微調高幾歲了吧？

「第○頁看到羅潔梅茵恢復活力後，臺詞請再多點鬆了口氣的感覺。」

「抱歉，是我們這邊寫錯了。請把『思慮』改成『思考』。」

由於臺詞不多，錄音很快便結束了。

哎呀，但話說回來，崇拜姊姊的夏綠蒂真是太可愛了。比迪塔時為赫思爾老師說明的語氣中還隱隱透著得意，這點讓我非常喜歡。

夏綠蒂的錄音結束後，隨即開始設定安潔莉卡的聲線。這是一位討厭讀書、滿腦子都只想著變強、又偏偏有著美少女外表的護衛騎士。

「有些太堅毅了呢。現在不是戰鬥的場景，我希望更有夢幻美少女的感覺。」

「我懂。安潔莉卡有種呆萌或迷糊的感覺嘛……」

「我希望平常跟戰鬥的時候能有所區別。」

音響監督有條不紊地整理了我、責任編輯與國澤老師的意見後，再向本渡小姐轉達，然後重新測試。

「噢噢，徹底變成夢幻美少女了。」

「但大腦卻是由肌肉組成。太完美了。」

敬請期待安潔莉卡的美少女聲線。可愛得不得了喔。

啊啊，真希望第三部也能改編成動畫。這樣一來，應該就能看到會動，還會用這種聲音說話的安潔莉卡了……

聲線設定好後，錄音眨眼間便結束了。

最後也請本渡小姐幫忙錄了幾處背景人聲，但都沒什麼需要記錄的事情，過程非常順利。

○潘惠美小姐

最後一位是新加入的聲優潘惠美小姐。她同時飾演蒂緹琳朵與伊西多。

在音響監督「那就從蒂緹琳朵開始吧」的指示下，首先開始測試。

聽完一遍以後，嗯……讓人有些傷腦筋的是，聽來像是十分嫵媚、個性恣意妄為的女性。雖然可能也有人對蒂緹琳朵是這樣的印象，但跟我的想像卻相差甚遠。

「聽起來像是二十幾歲的女性呢，不像十五歲。」

「還有，語氣太妖媚了。」

「了解，我請她再收一點。」

於是重新測試。這次聲音的年紀完美符合，但語氣還是帶點嬌媚。

「聲音聽起來像是性感美豔的少女，但其實不需要有性感的成分在喔。蒂緹琳朵就只是很單純地在做自己。事實上她這時候什麼也沒在想，完全就是隨心所欲。」

「那乾脆請她用平常的聲音來演繹好了。」

音響監督的指示變成「請用平常的聲音試試看」。

結果蒂緹琳朵突然就出現了。

難不成蒂緹琳朵其實意外難配？我一時間產生了這樣的疑惑。

「第〇頁請修改一下。請把『戴肯弗爾格的齊格琳德大人』改成『戴肯弗爾格的第一夫人』。」

「第×頁不是『哪邊』而是『哪位』吧。」

聲音設定好後，便幾乎不需要修改，錄音進行得很順利。

嗚哇，聽到有人直截了當地說出這種話來，也難怪戴肯弗爾格的那兩人會不知如何反應。

最後呈現出來的蒂緹琳朵就是給人這種感覺。

再來是伊西多，韋菲利特的上級見習侍從。

我本來還有些擔心，心想伊西多是少年，沒問題嗎？結果潘小姐展現出了相當可愛的少年聲線。

比迪塔時的背景人聲，潘小姐也以伊西多的聲音參與其中。

「不好意思，我想再錄些女騎士的聲音，這裡請妳包含伊西多加入兩種人聲。」

在音響監督想要多錄點人聲的地方，潘小姐靈活地切換了兩種聲線。

真教人大開眼界。

就這樣，第二天的錄製結束了。

而且是照著表定時間準時結束。安排時間的人居然可以估得這麼準確，也該報以掌聲才對呢。

第三天的錄製我因為工作關係無法參加，但要來錄音的聲優有梅原裕一郎先生與關俊彥先生。

梅原裕一郎先生同時飾演馬提亞斯與勞爾塔克，另外還會飾演幾名戴肯弗爾格的騎士。

本來他主要的飾演角色是達穆爾，結果這次廣播劇裡完全沒有達穆爾的戲分。不過，在動畫的第二十四與第二十五集裡，達穆爾可是相當活躍喔。大家看了嗎？聲音很溫柔又悅耳吧？很想再聽下去對吧？

這時的達穆爾還只能忍受斯基科薩的頤指氣使，然後接下來正要變帥……故事就結束了。就連這種情況也很符合達穆爾的人設呢。為他掬一把同情淚。

希望動畫也能持續進行下去。

關俊彥先生則同時飾演尤修塔斯與海斯赫崔，另外也飾演中央騎士團的騎士。

在上一輯廣播劇裡與動畫外傳中，關先生就已經扮演過尤修塔斯，所以想必沒有問題吧。

而海斯赫崔是戴肯弗爾格的騎士。自稱是斐迪南的摯友，口頭禪是「來比迪塔吧」。

雖然沒到洛飛那麼熱血，但他的個性也是陽光爽朗。給人的感覺就像大型犬，即使對方態度冷漠，也會搖著尾巴湊上去，要對方陪自己一起玩。

這輯廣播劇裡他將知道蒂緹琳朵是薇羅妮卡的外孫女，我希望知道前與知道後的表現能有所區別。就是從原本的陽光爽朗，變成貴族特有的客套假笑。相信關先生一定能演繹得很好。

另外，還有臨時增加的古德倫一角。也就是男扮女裝的尤修塔斯。

其實扮演古德倫時不需要有刻意的男扮女裝感。因為尤修塔斯純粹是為了工作而扮成女性，所以個人認為，只要關先生能演繹出貴族女性（三十多歲）的聲音就好。

不知道成果會是如何。

啊啊啊，好期待喔。我也好想去參觀錄音。

儘管坐立難安，但第三天的錄製就交給鈴華老師與國澤老師的想像了。

第三天的錄製會是怎樣的情形呢？真期待看到鈴華老師的配音觀摩漫畫。

※此篇配音觀摩報告刊登於二〇二〇年九月十日發行的「廣播劇5」官網，收錄時予以增刪修改。文中內容與日期皆以當時為主。

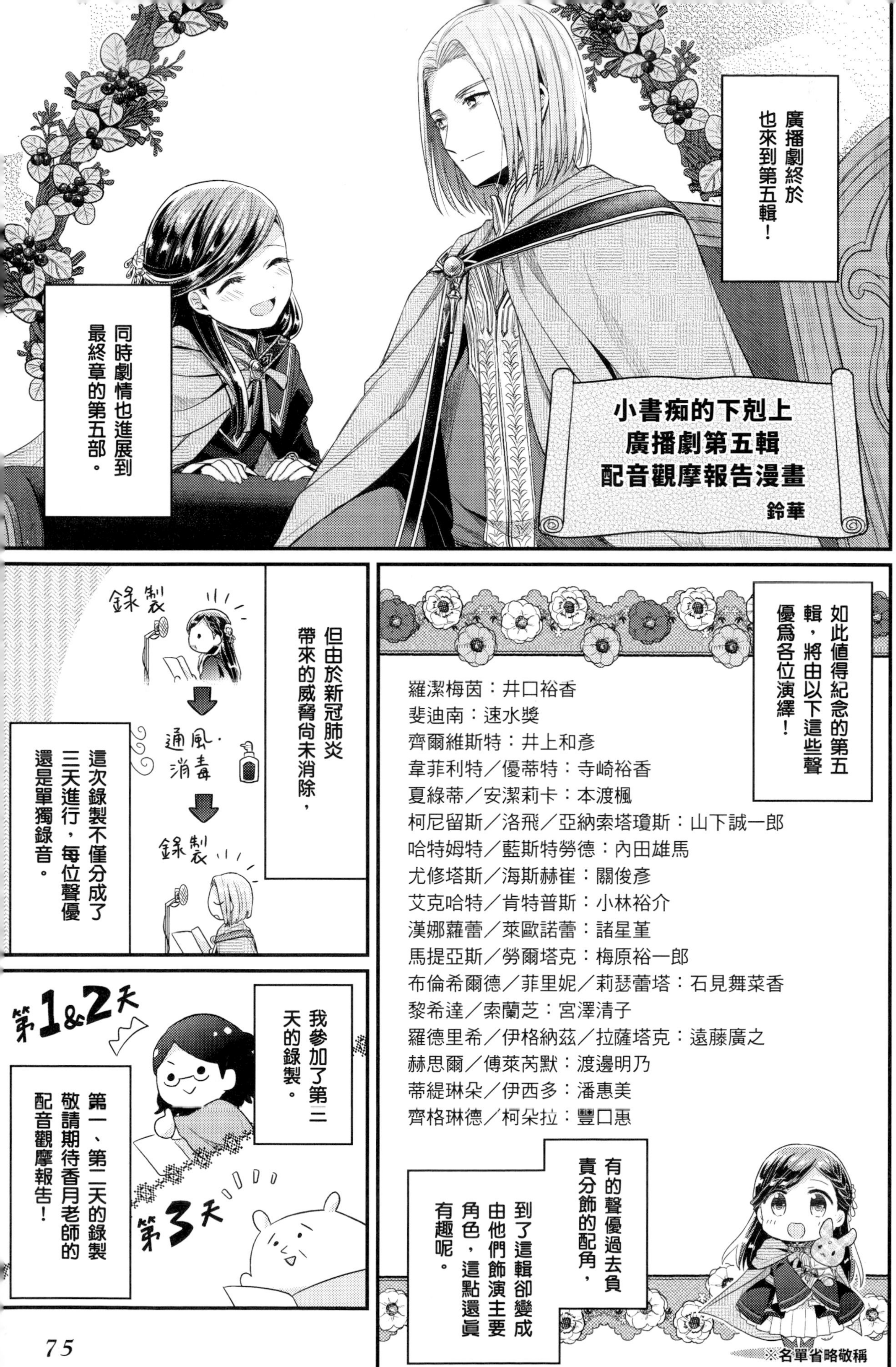

廣播劇終於也來到第五輯！
小書痴的下剋上
廣播劇第五輯
配音觀摩報告漫畫
鈴華
同時劇情也進展到最終章的第五部。
如此值得紀念的第五輯，將由以下這些聲優為各位演繹！
羅潔梅茵：井口裕香
斐迪南：速水獎
齊爾維斯特：井上和彥
韋菲利特／優蒂特：寺崎裕香
夏綠蒂／安潔莉卡：本渡楓
柯尼留斯／洛飛／亞納索塔瓊斯：山下誠一郎
哈特姆特／藍斯特勞德：內田雄馬
尤修塔斯／海斯赫崔：關俊彥
艾克哈特／肯特普斯：小林裕介
漢娜蘿蕾／萊歐諾蕾：諸星堇
馬提亞斯／勞爾塔克：梅原裕一郎
布倫希爾德／菲里妮／莉瑟蕾塔：石見舞菜香
黎希達／索蘭芝：宮澤清子
羅德里希／伊格納茲／拉薩塔克：遠藤廣之
赫思爾／傅萊芮默：渡邊明乃
蒂緹琳朵／伊西多：潘惠美
齊格琳德／柯朵拉：豐口惠
有的聲優過去負責分飾的配角，到了這輯卻變成由他們飾演主要角色，這點還真有趣呢。
※名單省略敬稱
但由於新冠肺炎帶來的威脅尚未消除，
錄製
通風・消毒
錄製
這次錄製不僅分成了三天進行，每位聲優還是單獨錄音。
我參加了第三天的錄製。
第1&2天
第3天
第一、第二天的錄製敬請期待香月老師的配音觀摩報告！

第三天進行錄音的有關俊彥先生與梅原裕一郎先生。
保持
社交距離
兩位同時都要分飾許多角色，所以錄音前，我與編劇國澤老師很快地確認過一遍對角色的印象。
這次古德倫會出場吧？
好期待
對啊對啊。
是在回憶場景中有句艾倫菲斯特近侍的臺詞～
古德倫是尤修塔斯男扮女裝時的模樣。
尤修塔斯
第一次測試時，關先生的聲音還是太像尤修塔斯……
現在這樣是不是太像尤修塔斯了？
嗯～嗯
但要是變得太多，又會像男大姊吧？
再高亢一點，但聲音又很溫柔的感覺？
うーむ
真難掌握……
這樣傳達了意見後，關先生重新飾演了古德倫。
同時飾演的角色還有海斯赫崔與中央騎士團的騎士。
The.
名為戴肯弗爾格的男人！
從熱情洋溢的感覺，到驚覺有異而硬擠出笑容為止，
兩三句話就能欣賞到完整的海斯赫崔♪
斐迪南大人！
斐迪南大人！
沮喪……
※想像圖僅供參考

接著錄音的是梅原先生。
換人
請多多指教
他同時飾演馬提亞斯、勞爾塔克與兩名路人騎士。
馬提亞斯一如既往，依然是沉穩內斂的騎士；
勞爾塔克還沒有人物設計圖
勞爾塔克一看就是戴肯弗爾格的學生，戰鬥場面非常熱血！
很多角色的聲線似乎都比梅原先生原本的聲音要高，
但他馬上就能讓聲音符合當下人物，實在很了不起。
可能是使用了圖魯克……
除了緋亞弗蕾彌雅的唸法稍做修正外，其他都是一次過關。
就這樣，兩位聲優的錄音很快便結束了。
大約三十分鐘就錄完了！
呼！
好，三天的錄音結束了！
要是發現少了臺詞，乾脆我們自己來吧！
HA HA HA
音
音響監督真是位有趣的人。
跳躍
後來聽過完整版錄音後，下一頁是這輯廣播劇的必聽重點介紹♪

這輯的重點介紹
但就是這點非常可愛！
第五輯的前半段劇情是求娶迪塔！
被波及
漢娜蘿蕾小姐……
藍斯特勞德
帥氣的聲線
怦然心動
魔法發動時的音效與戰鬥的臨場感，讓人聽了就熱血沸騰。
對抗的
ィルフリート
韋菲利特
以及
化身為三腳貓舞槍士兵的
喝！
ローゼマイン
羅潔梅茵
嘿！
後半段則是斐迪南造訪艾倫菲斯特舍。
長椅那邊的互動讓人感受到恬靜美好。
這次的廣播劇內容一樣豐富精采喔，敬請期待！

※此篇漫畫刊登於二〇二〇年九月十日發行的「廣播劇5」官網，收錄時予以增刪修改。
文中內容與日期皆以當時為主。

貝特朗
・6歲～
・快120cm
・亮綠色頭髮
・紅色眼瞳
・夏季出生
勞倫斯的異母弟弟

貝特朗

是肅清後父母遭到處刑的勞倫斯的異母弟弟。香月老師對他的描述為「看來就很臭屁的頑皮少年」，人物設計圖也完美符合。

before
after
雷柏赫特
・哈特姆特的父親
・芙蘿洛翠亞的近侍
上級文官
基貝·萊瑟岡古的
異母弟弟
・45歲～
・180cm左右
・紅色頭髮
・深紅色眼瞳
・秋季出生
・戒指 黃色

雷柏赫特

由於外型與馬克重疊，便更改了髮型。香月老師都會在腦中儲存已有的角色設定，時時注意外型有無重複。

基貝·克倫伯格
·50歲~
·185cm左右
·偏褐色的金髮
·水藍色眼瞳
·夏季出生
·戒指 藍色

亞歷克斯
·15歲~
·172cm左右
·偏紅的橙色頭髮
·深藍色眼瞳
·秋季出生
·戒指 黃色

基貝・克倫伯格

椎名老師照著事先提出的要求，「要一眼就能看出是騎士，體型健壯高大」，設計圖一次就過關。香月老師也非常滿足：「真是不苟言笑的大叔，好棒喔。」

亞歷克斯

看得出是剛從貴族院畢業的年輕人，也很有韋菲利特身邊護衛騎士的樣子。隱約還能看出與左邊的基貝是父子，畫技實在精湛。

before

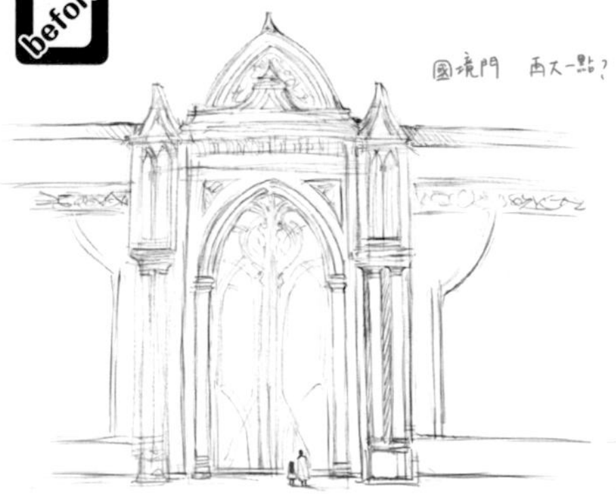
國境門 再大一點?

after

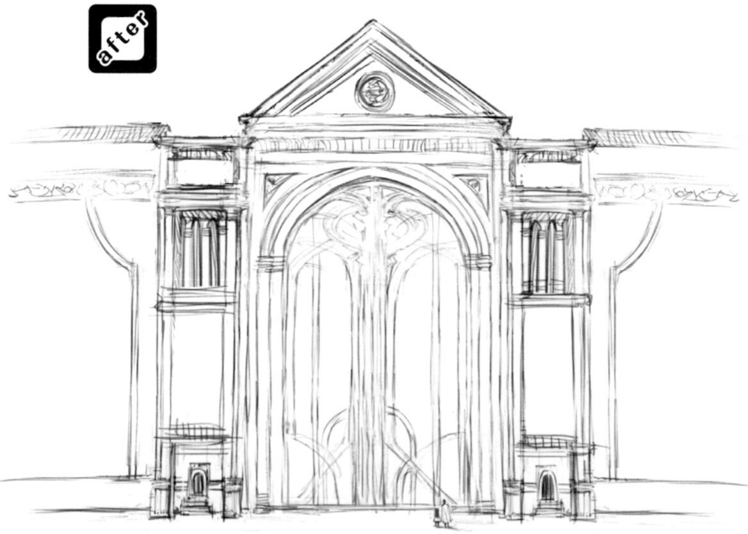

國境門

由於將在彩色拉頁中登場，椎名老師預先畫了設計圖。之後再根據香月老師的要求，加入更繁複的圖案進行修改。顏色也依照明確的指示，「像螺鈿工藝那般帶點粉紅色」，最終呈現出來的虹彩美麗無比。

瑪格達莉娜
・25歲
・國王的第三夫人
・戴肯弗爾格出生
・錫爾布蘭德的母親
・168cm左右
・銀中帶藍的頭髮
・紅色眼瞳(比漢娜蘿蕾更紅)
・夏季出生
・戒指 藍色

瑪格達莉娜

完全如同想像，就是「身型苗條的好強美女」。由於將在彩色拉頁中登場，關於瞳色已有明確設定，是比漢娜蘿蕾更紅的顏色。

祠堂

原作「5-5」的〈祠堂巡禮〉是非常重要的劇情。由於祠堂將登上封面，便請椎名老師畫了設計圖。是時常翻閱原著小說、想像力豐富的老師才能畫出的作品。

火
說到石像，
就覺得布料
要像這樣
大片垂下來
暗

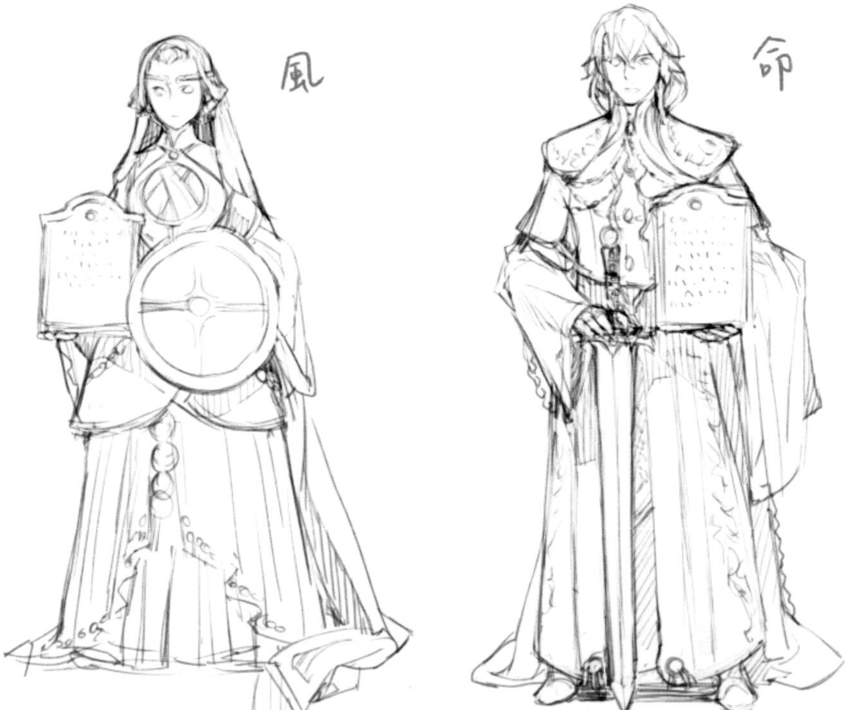
風
命

石像

小說出版時，〈祠堂巡禮〉這個篇章加寫了不少內容，石像便是登場自這個章節。書中收錄的插圖並未畫到石像。這是椎名老師為了掌握世界觀，所特別設計繪製的貴重草稿。

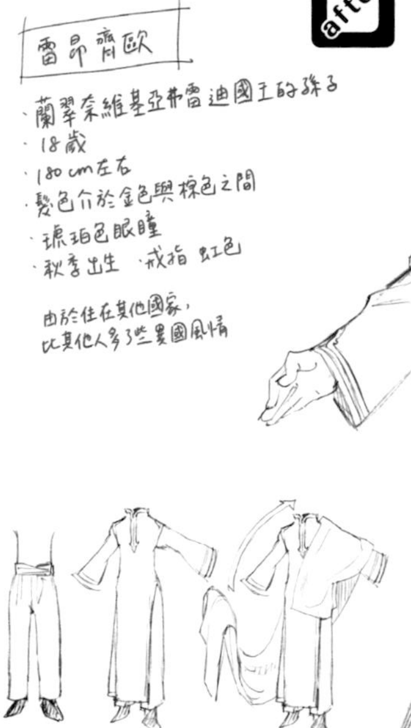
雷昂齊歐
・蘭翠奈維基亞弗雷迪國王的孫子
・18歲
・180cm左右
・髮色介於金色與棕色之間
・琥珀色眼瞳
・秋季出生　戒指 紅色
由於住在其他國家，
比其他人多了些異國風情

after
before

雷昂齊歐

為了呈現出有王族氣息的外貌與野心勃勃感，設計了幾種髮型。最終反映香月老師的喜好，選擇了垂下兩絡劉海的設計。

拉塞法姆
斐迪南的近侍
下級侍從
・27歲
・177cm左右
・偏黑的深綠色頭髮
・灰色眼瞳
・春季出生　戒指 綠色

拉塞法姆

故事中羅潔梅茵對他的印象為「年輕版的馬克」。請香月老師預先提供的資料中，也寫著「氣質與薩姆還有法藍共通」。

斐迪南
、少年時期(14歲)
、165 cm左右
髮扣
打開後是這樣

肯特普斯
戴肯弗爾格(藍色披風)
漢娜蘿蕾的未婚夫候補人選1
15歲～
178 cm左右
淡綠色頭髮
灰色眼瞳
春季出生 戒指綠色

肯特普斯

由於將在連載中的漫畫裡先行登場，在往後的原著中又是非常重要的角色，便請椎名老師進行了設計。香月老師的感想為：「笑容沉穩，感覺凡事都會處理得細心周到，畫得太棒了！」

斐迪南（少年時期）

這時期的斐迪南就只有椎名老師能進行設計。基於這樣的想法對老師提出了委託。看到這滿滿的少年感、麻花辮、貴族院的黑色制服、與齊爾維斯特一樣的髮扣……香月老師與責任編輯一致喊道：「一百分！」

這個角色非常熱愛迪塔，因此平常的裝扮應該更注重便利性，袖口便縫上手甲

before

after
拉薩塔克
戴肯弗爾格(藍色披風)
漢娜蘿蕾的未婚夫候補人選2
14歲～
170 cm左右
亮橙色頭髮
棕色眼瞳
冬季出生、戒指紅色

拉薩塔克

考慮到目前為止出現過的貴族院服裝，上衣長度修改至及膝。另外基於香月老師的要求，有著「讓人想用力揉亂」的髮型。

哈特姆特、托勞戈特，
羅潔梅茵大人想問你們，有無意願成為她的近侍。
我的主人因為在神殿長大，又休養了長達兩年的時間，與一般的領主一族相比可能有許多不足之處。
你們能夠接受這點，進而侍奉她嗎？
我們定當誠心誠意侍奉羅潔梅茵大人。
借一步說話吧？柯尼留斯。
幹嘛？

～FANBOOK6全新短篇～

番外篇

哈特姆特的誓言

漫畫：勝木 光

是關於其他近侍。
見習護衛騎士有安潔莉卡、萊歐諾蕾、優蒂特與托勞戈特；
見習侍從有布倫希爾德與莉瑟蕾塔；
見習文官則有我與菲里妮，沒錯吧？
是啊，你消息還真快。
萊瑟岡古的貴族並不多，這是羅潔梅茵大人有意為之嗎？
不。聽說是母親大人的要求，希望能盡量挑選中立派。
原來如此……
那菲里妮被選上是為何？
關於菲里妮，聽說是羅潔梅茵自己非常堅持。
我在兒童室時就發現了，
羅潔梅茵大人真的不會因為對方的身分，就改變應對方式呢……
聽說是需要有上級貴族來指導菲里妮，才指定你為近侍喔。
雖然應該不只這個理由。
你可要好好感謝菲里妮。

不要多做
沒必要的事
你暫時就先專心指導菲里妮如何？想必會很辛苦吧？
這點小事
根本不算什麼
你怎能這麼小瞧我的能力呢。
任憑你能力再好，
身為男性也上不了三樓，
年級不一樣，上的課也不同。
有我在，絕不允許你有任何可疑行動。
我身為男性，與女性不同，
不會因為結婚或生產就離職喔。
唔……
你也不用這麼提防我吧？
托勞戈特身為領主一族旁系，
多半與黎希達大人一樣，是為了艾倫菲斯特才侍奉羅潔梅茵大人。
但是，我的主人就只有羅潔梅茵大人一人。

我絕不會做出有損她聲譽的事情，
也不會讓自己的行為對她造成負擔。
我只會為她一人而行動。
我發誓，我會成為羅潔梅茵大人心目中最優秀的近侍。
以後我們共事的時間還很長，
就好好相處吧，柯尼留斯。
……只要你不惹麻煩的話。

完

香月美夜老師Q＆A

二〇二一年六月三十日至七月七日這段期間，在「成為小說家吧」網站的活動報告上向讀者募集過提問，在此奉上回答。
這次雖然設下了一人最多五題的限制，但募集到的提問還是非常大量。感謝幫忙將問題分門別類的協助人員，我心中不勝感激。辛苦各位了。

香月美夜

Q 之前說過月亮的陰晴圓缺全看黑暗之神的心情而定，那也會有持續幾天都是滿月後，新月突然到來的情況嗎？

A 會。

Q 所謂眷屬神，都與主神同性，而且類似於領主與近侍這樣的關係（有可能會換人）嗎？設定上眷屬神的力量（或魔力）都略遜於主神嗎？

A 領主與近侍嗎……是啊，感覺確實差不多。力量的差異也類似於領主一族與上級貴族，但也有眷屬神的力量比主神更強大。

Q 為了解救被埃維里貝囚困起來的蓋朵莉希，光之女神曾融化冰雪，那黑暗之神幫了什麼忙呢？

A 他負責在旁監督，免得女神們力量施展過度。畢竟這個世界是由光之女神與孩子們一同建立起來的，總不希望遭到摧毀。

Q 埃維里貝明明曾想殺了梅斯緹歐若拉，卻願意把取得梅斯緹歐若拉之書所需的語詞授予君騰候補，這是為什麼？

A 多虧了把部分埃維里貝封印在尤根施密特內的艾爾維洛米。

Q 從漫畫第一部到第四部，蓋朵莉希每次出現都是閉著眼睛，就連在設定資料集裡也是垂著眼眸。這有什麼原因嗎？

A 相傳她是為了因自己而起的種種憾事在哀傷難過，並且注視著被艾爾維洛米封印在尤根施密特內的埃維里貝。

Q 結緣之神本是曾為生命之神眷屬的艾爾維洛米，後來祂將職責交給了光之女神的眷屬黎蓓思可赫菲，所以神司掌職務時，並不受屬性影響嗎？還是說只有結緣之神這件事是特例？（好奇其他眷屬神之間也有這種交卸職務的情況嗎……）

A 在尤根施密特流傳的神話中，將職責讓予其他神祇的神話僅此一則。

Q 結緣女神黎蓓思可赫菲原本是什麼女神呢？

A 當初是因為要成為結緣女神，才將祂納為眷屬神。原先並無任何頭銜，身分類似於見習女神，在紡織女神潘朵希黛身邊幫忙。

Q 第五部V的短篇〈不情願的婚事〉中，阿道芬妮最後曾這樣祈禱道：「請祢揮下神具，為我斬斷這段孽緣！」那尤葛萊莎的神具是什麼呢？又是如何使用？

A 是裁剪布料與絲線用的剪刀。神話當中，祂常用剪刀剪斷結緣女神黎蓓思可赫菲在惡作劇下亂牽的絲線。

Q 神話軼聞中，遠見之神傑伊瓦德的遠見這項能力居然是活用在偷窺女神沐浴上……儘管這衝擊大到讓我難以想像（笑），但假使取得了祂的加護，好比遠距離攻擊（如弓箭與彈弓）的命中率會提升嗎？另外，這個「遠見」也有先見之明的意思，例如商機與政治上的判斷等，可以準確預測未來嗎？

A 遠見也是種能看穿敵人弱點的能力，原本常活用在狩獵與偵察上。負責遠距離攻擊的騎士，應該都想取得祂的加護。此外，曾在第三部II中出現過的、可以看見遠方景象的魔導具上，也刻有這位神祇的符號。至於商機與政治上的判斷……就看如何活用了吧。

Q 混沌女神是「對方若不希望就無法加以誘導」嗎？

A 是的。得從讓對方產生意願開始。

Q 卡歐賽瑯是眷屬神嗎？還是另一種分類？

A 是另一種分類。與生命之神埃維里貝同類別。

Q 作品裡出現的加麥瓦連與埃法茲奈德等等，這些只有名字的神是什麼神呢？拜修馬哈特具體而言又是什麼神祇？

A 加麥瓦連並不是神，而是一種水陸雙棲、具有變換型態能力的魔獸。埃法茲奈德則是嫉妒之神。祂單戀混沌女神卡歐賽瑯，視黑暗之神為眼中釘。拜修馬哈特是求子之神。

Q 有些神祇會司掌自然現象比如冰雪或雷電，那也有雨水或彩虹之神（女神）嗎？

A 有雨水女神，但沒有彩虹女神。

Q 想取得驅魔之神飛德雷歐斯的加護有什麼標準嗎？羅潔梅茵、柯尼留斯、馬提亞斯與勞倫斯都得到了祂的加護，想知道這幾個人的共通點。

A 除了當然得獻上祈禱外，能勇於反抗命運的人也容易取得祂的加護。

Q 我很喜歡取得梅斯緹歐若拉之書所需的語詞，比如「克雷夫塔克」、「泰底悉恩達」等等。這些語詞有什麼涵義嗎？是否如同最高神祇的名字，每個人得到的語詞都不一樣？

A 記得是有涵義的，可惜找不到當初的筆記。語詞不會因人而異，每個人得到的都一樣。但若是只知道語詞，但沒得到石板，還是無法取得梅斯緹歐若拉之書。

Q 之前曾說，梅斯緹歐若拉的髮色與瞳色分別是由黑暗之神與光之女神所賜，那麼現在的髮色與瞳色跟出生時不一樣囉？那原本的頭髮與眼瞳是什麼顏色？

A 是白髮與紅色眼瞳。

Q 為什麼只有暗與光的夫婦神擁有複數的名字？而且

只有人類才知道兩位神祇複數的名字嗎？萊登薛夫特與芙琉朵蕾妮各自也用不同的名字稱呼黑暗之神嗎？

A 只有人類才會得到兩位神祇複數的名字。萊登薛夫特與芙琉朵蕾妮都以相當於「父親」的詞彙稱呼黑暗之神。

Q 神殿裡灰衣神官及巫女的祈禱，也會傳入諸神耳中嗎？還是說沒有魔導具或思達普的話就傳達不出去？

A 至少要奉獻過魔力才能傳達出去。神具與魔導具都是有助於獻上祈禱的工具。

Q 大神固定只有七位，那眷屬神的名額也有限制嗎？所以若詠唱了大神與眷屬神的名字，能取得的加護有上限嗎？

A 所有大神與眷屬神加起來，所能取得的加護就是上限。

Q 第五部Ⅰ〈領主候補生課程結束〉中，在取得黑暗之神與光之女神的名字時，羅潔梅茵對自己的體驗感到十分吃驚；但從艾格蘭緹娜的反應來看，她似乎從未預期會有這種現象發生。那麼只有羅潔梅茵有這種體驗嗎？是的話，觸發條件又是什麼？

A 這幾十年來就只有羅潔梅茵而已吧。觸發條件為取得名字前，皆已向黑暗之神與光之女神奉獻過一定程度以上的魔力。

Q 第五部Ⅱ〈剩餘魔力的用途〉中，為圖書館魔導具澆灌魔力時，明明液體是紅色的，魔石卻變成了虹色。這是因為羅潔梅茵偷偷補充魔力的關係嗎？

A 奉獻儀式上儲存在聖杯裡的魔力，與其說是變成紅色，其實只是看起來像而已。而魔石之所以變成虹色，是因為魔力由許多人提供，包含各種屬性。

Q 圖書館魔導具休華茲與懷斯會稱呼主人為「公主殿下」，對其他人則是直呼名字，但他們是如何辨別的呢？

A 透過在圖書館辦理登記時的魔力進行辨別。基本上未辦理過登記的人會遭到排除，所以辦理登記的時候，必須要有圖書館員前往迎接。

Q 為什麼羅潔梅茵一年級時，休華茲與懷斯沒有要求她向爺爺大人（梅斯緹歐若拉之像）供給魔力？是一年級課程結束後到升上二年級之間，達成了什麼條件嗎？

A 因為她已提供一定程度以上的魔力給休華茲與懷斯。

Q 在貴族院舉行奉獻儀式時曾出現光柱，魔力往外飛走，那麼是否所有參加者的部分魔力都是由羅潔梅茵進行奉獻，被送到了石板去？

A 三年級時的奉獻儀式，由於所有人的魔力是往羅潔梅茵變出的聖杯匯集，所以會被當作是羅潔梅茵獻上的祈禱。但四年級時是往祭壇獻上祈禱，便會分開計算。

Q 貴族院宿舍裡領主的房間，二樓與三樓內部是相通的嗎？畢竟領主夫婦會在領主會議的第一天成婚，很好奇怎麼圓房……

A 是的。領主的房間與第一夫人的房間，在內部是相通的。

Q 在貴族院宿舍裡，中級與下級貴族會共用房間。但如果所屬派系不同，或是與派系無關、單純不擅長與某個人相處，是否仍有可能會同住一間房？

A 為了盡量避免這種情況發生，成年侍從間彼此會互相通融，但有時候還是得共用房間。

Q 貴族院中央樓裡連結各領宿舍的大門，都是照著領地排名排列，那麼領地排名出現變化時，宿舍也要跟著移動嗎？

A 只有門上的號碼會改變而已。中央樓大門上的轉移魔法陣將更改目的地，或者說會變更原先登記的轉移地點。

Q 領主候補生課程的座位是怎麼決定的呢？其他課程好像都是依照領地排名，但上領主候補生課程時，羅潔梅茵的座位卻在第一排，距離講桌最近。漢娜蘿蕾還坐在她旁邊，韋菲利特則在稍遠的位置上。
（※第五部Ⅰ〈領主候補生課程的第一堂課〉）

A 因為人數不多，是按身高入座，讓後面的人能看到前面。

Q 羅潔梅茵升上二年級後，曾在課堂上或是休息時間，與漢娜蘿蕾以外的同年女性領主候補生或上級貴族聊過天（蒐集情報）嗎？還是大家一直離她遠遠的？

A 基本上可以說毫無接觸呢。因為羅潔梅茵總是卯足全力，想要第一堂課就合格，散發出來的感覺讓人無法隨意靠近以及和她說話。雖然也有些貴族千金不停偷瞄她、想與她交談，但羅潔梅茵只會心生警戒，以為自己又成為他人談論的對象，想趕快逃離現場……

Q 只靠專業課程與待在研究室學了四年的醫學和藥草學，應該很難獲得成為醫師該有的經驗與技術。不知回領以後，有沒有類似實習醫師的制度或師徒制，可以跟著醫師一起去看診？

A 有段時間要拜師學藝，以實習醫師的身分工作。其實在毫無人脈的情況下有意成為醫師的人不多，大多都是原本就來自醫師家庭，然後一邊在父母或親戚身邊實習，一邊在貴族院上課、與他領的人互相交流。

Q 如果有學生偶然在貴族院內死亡，貴族院會提供補償嗎？

A 偶然死亡是指病死嗎？不會有任何補償。順道說明，從前在貴族院的領地對抗戰上比奪寶迪塔時，若不幸遭到波及身亡，也不會有補償。

Q 在哈爾登查爾能採到的柏靈琉斯之實，在庫拉森博克那邊原屬於埃澤萊赫的土地上也採得到嗎？

A 倘若境內還有柏靈琉斯之樹，也正確舉行儀式的話就採得到。

Q 對於在哈爾登查爾發生的奇蹟，土地相鄰的庫拉森博克有沒有什麼反應呢？這跟卡琳的父親改變路徑一事有關嗎？

A 會往來走動的平民當然有些反應，相關情報也會傳入貴族耳中。但他們真正開始採取行動，還是在艾倫菲斯特與戴肯弗爾格進行共同研究以後。明明會廣泛蒐集情報，實際採取行動的速度卻很慢。庫拉森博克的貴族屬於那種擅長蒐集情報，但遲遲不願展開行動的高高在上型。

Q 嘉柏耶麗那時候明明毫不留情地取消了下任領主的資格，使其降為基貝，然而薇羅妮卡卻是從小就確定要成為下任領主夫人，這點讓我覺得不可思議。那段時間是否發生過什麼亞倫斯伯罕曾大力施壓的事情，導致情勢產生變化？還是有其他政治因素？

A 並不是毫不留情喔，而是迫不得已。在布麗姬娣與達穆爾本要論及婚嫁的那則短篇裡就曾描寫過，一旦婚後身分跟著改變，那麼言行舉止也要改變才行。然而嘉柏耶麗成婚後，並未表現得像是艾倫菲斯特的領主一族，依然不改大領地千金大小姐的作風。由於她不適合在排名較低的艾倫菲斯特擔任領主第一夫人，在與奧伯．亞倫斯伯罕協商過後，當時的下任領主才被降為基貝。同時也簽訂契約，說好她的孩子會在艾倫菲斯特接受教育、成為領主，或是成為領主的第一夫人。

Q 為何藍斯特勞德（不如說是戴肯弗爾格）知道拿著黑盾，就能夠闖進舒翠莉婭之盾內部？

A 黑盾可以吸收魔力、化解魔力攻擊，所以拿著黑盾就能讓以魔力變成的盾牌（哥替特）失去作用。由此可知，也能讓以魔力變成的舒翠莉婭之盾無法發揮作用。

Q 比求娶迪塔時，中途跑來搗亂的中小領地們後來受到怎樣的處罰？

A 這場騷動起因於中央騎士的擅作主張，再加上事發地點在貴族院，所以那些中小領地的學生只有被老師與奧伯訓斥幾句而已，個人並未受到太大的責罰。頂多是戴肯弗爾格從此不給他們所屬的領地好臉色看。

Q 故事裡多雷凡赫喜歡研究、戴肯弗爾格喜歡迪塔，每個領地都有其特色，不知道孛克史德克曾具有怎樣的特色呢？既然見習騎士曾與戴肯弗爾格的見習騎士交好，猜想會不會也是喜歡戰鬥的領地？

A 孛克史德克是個政變時能妥善周旋，讓戴肯弗爾格可以保持中立、不介入其中的大領地，同時面對庫拉森博克與多雷凡赫還能應付自如。相較於戴肯弗爾格是尚武的領地，孛克史德克是尚文的領地，領內有過尚文的騎士與侍從。不少貴族都在中央擔任要職，比如貴族院及王宮圖書館的館員。後來由多雷凡赫取代了其地位。

Q 書上說過亞倫斯伯罕的女性在公開場合都要戴面紗，而面紗的材料可依個人喜好做選擇，但像奧蕾麗亞在艾倫菲斯特使用的那種看不見臉部的布料，會被人懷疑是有人喬扮或假冒吧。有什麼可辨別的方法，或者遮住臉部時得遵守什麼規定嗎？

A 在不允許有人假冒的場合中，便會以魔力進行辨別。

Q 關於亞倫斯伯罕的海鮮，在日本能吃到的食材中有沒有相近之物呢？想當成幻想中的尤根施密特料理來吃吃看。

A 相近之物嗎……迦爾納許有著像是龍蝦和伊勢龍蝦那樣的外型，巨大的螯就像螃蟹一樣可以吃。

Q 蒂緹琳朵在畢業儀式上醜態百出，而母親喬琪娜也並未為此斥責她，他領會不會因此覺得亞倫斯伯罕的現況很不妙呢？領內貴族是否也因此蒙受了損失，比如好幾樁與他領貴族的聯姻遭到取消？

A 蒂緹琳朵跳完奉獻舞後眾人的反應，請參考第五部Ⅲ的特典短篇。由於後來中央神殿就聲稱她是下任君騰候補，喬琪娜又一臉為難地到處表示：「因為她戴著未婚夫送的髮飾……」所以比起亞倫斯伯罕，對斐迪南個人造成的傷害更大。

Q 舊孛克史德克的神殿，是落在亞倫斯伯罕還是戴肯弗爾格所管理的土地上呢？以及，青衣神官與灰衣神官是繼續留在舊孛克史德克的神殿裡生活？還是被分派到管理領地裡的神殿呢？

A 落在亞倫斯伯罕所管理的土地上，但青衣神官與灰衣神官都已不在，連同小聖杯一起被送往了管理領地裡的神殿。

Q 關於與廢領地卓斯卡的交流。那裡應該不像庫拉森博克那麼封閉，而且既然相鄰，很好奇與他們有沒有往來或聯姻之類的交流。

A 波尼法狄斯的妹妹嫁給了卓斯卡的領主一族，早已遭到處刑，而現在卓斯卡又由庫拉森博克負責管理。廢領地受到的待遇比落敗領地還要糟糕（不被允許自治，還得由獲勝領地管轄），所以艾倫菲斯特若隨便與之交流，將無法保持中立。平民商人間雖有往來，但貴族之間並沒有。

Q 在中央神殿果然也有捧花這種行為嗎？那麼中央神殿除了有中央的青衣神官與青衣巫女外，王族的近侍、文官、騎士還有貴族院的教師也會造訪嗎？

A 不僅如此，能感知到魔力的貴族院男學生還會去那裡接受性教育。也因此神殿這個地方有著怎樣的涵義，才會在貴族間形成一種共同認知。

Q 在阿妲姬莎離宮裡出生、不會成為蘭翠奈維下任國王的男孩子們，都會意識或認知到自己將在七歲時喪命嗎？要是知道的話，不會有人陷入恐慌或試圖逃跑嗎？順便想請問，是用怎樣的方法把他們變成魔石呢？

A 與其說喪命，更像是多少會察覺到自己日後將變成魔石。若有人陷入恐慌或試圖逃跑，在那個當下就會被變成魔石。至於將其變成魔石的方法預計在續集中說明，在此不會回答。

Q 以前住在阿妲姬莎離宮裡的人，有侍從為他們整理儀容嗎？還是說因為不被視為人看待，也就沒有必要整理儀容，所以沒有侍從？

A 有侍從喔。由來自蘭翠奈維的人，或是在阿妲姬莎離宮裡出生、未能成為旁系王族公主的人擔任。

Q 「艾倫菲斯特的花」這種說法感覺就是把人當成了方便的工具，讓人不寒而慄。雖然這個問題可能有些超出範圍，但原本羅潔梅茵很有可能被當成新一任的「阿妲姬莎公主」嗎？

A 伊馬內利不是要讓她成為「阿妲姬莎公主」，而是想讓她進入中央神殿。

Q 故事裡女性會被叫作第一夫人，那女性奧伯與基貝所招贅的男性會如何稱呼？

A 會稱為第一配偶、第二配偶。

Q 第一夫人的中間名是法拉，第二是亞希斯，第三是利頓，那麼入贅的男性也會有這種中間名嗎？

A 第一配偶的中間名是盧多那，第二與第三則和女性一樣。

Q 在之前的《FANBOOK》裡說過，領主第一夫人的地位比領主候補生要高，那麼第二夫人與第三夫人跟第一夫人的親生孩子相比，誰的地位又更高呢？亞納索塔瓊斯王子與席格斯瓦德王子在稱呼父親的第三夫人時都會加上「大人」，但柯尼留斯哥哥大人與艾克哈特哥哥大人卻是直呼父親第二夫人的名諱，所以猜想著是否也要看第一夫人與第二夫人她們的關係？

A 要看第一夫人婚前的身分以及與父親的關係。多數情況下，都是第一夫人的親生孩子地位更高。但是，像席格斯瓦德王子的母親是中領地出身，因此在面對大領地戴肯弗爾格出身的第三夫人時才會加上「大人」。再者自己成為下任國王後，也絕不能與對方鬧僵。相較下柯尼留斯不僅有上級貴族母親，第二夫人與第三夫人又是中級貴族出身，而且還屬於敵對派系，他甚至想與對方老死不相往來。至多懷有敵意，絕不可能有敬意。但就算第二夫人與第三夫人的身分比較低，如果父親很尊重她們，她們也十分敬重第一夫人的話，第一夫人的孩子也會給予應有的尊重吧。

Q 以卡斯泰德為例，包括艾薇拉在內他曾迎娶三位夫人，那麼平常生活基本上都是住在哪個宅邸呢？是住在第一夫人所在的宅邸嗎？還是說寵愛哪位夫人，也可能主要住在她那邊？

A 基本上丈夫會在第一夫人所在的宅邸生活，但如果特別寵愛哪位夫人，自然待在她那裡的時間也會比較久。愛妾的話姑且不論，但若是已成婚的第二夫人或第三夫人，只要給予第一夫人應有的尊重，並不會因此受到指責。

Q 之前說過貴族最多只能娶到第三夫人，是因為宅邸數量的問題，那如果是簽訂星結儀式的魔法契約，最多也只能三人嗎？還是說如果只是簽訂契約的話，想跟多少人簽約都可以？

A 雖然沒有領主的許可便不能舉行儀式，但確實可以。

Q 故事裡似乎會因為派系關係就決定第二夫人人選，那麼就算討厭對方、不喜歡與對方相處，還是得生下孩子才行嗎？

A 策略聯姻就是這樣。無論男性還是女性，只要是策略聯姻，即便得與不喜歡的對象結婚也不能拒絕，必須生下子嗣。

Q 領主候補生出嫁或入贅時陪同前往的近侍們，若有移住領地的奧伯許可，能以家主的身分自立門戶嗎？因為嘉柏耶麗與芙蘿洛翠亞的近侍們都沒有相關描寫，對此感到好奇。

A 可以。比如夫妻或一家人搬過去時，會在領主的許可下自立新門戶。

Q 為了結婚跑來艾倫菲斯特的克拉麗莎身邊為何會有護衛騎士？從基貝夫人會單獨行動這點來看，本來還以為除了領主一族，一般貴族都不會有護衛騎士；而且若為了在他領成婚就雇用新的護衛騎士，經濟上也會對夫妻造成負擔，所以覺得很奇怪。

A 一般嫁往他領時都會帶著大量行李，所以一路上會委託認識的騎士擔任護衛。當時是因為克拉麗莎認為若要直接跑去他領，需要有騎士同行。畢竟路上會遇到魔獸，也需要有人能證明自己的身分，否則可能無法通過境界門。其實最一開始同行的還有侍從，但半路上掉隊了。

Q 克拉麗莎的護衛騎士會變成艾倫菲斯特的貴族嗎？

A 她只是被雇來擔任路上護衛的騎士，現在已經回戴肯弗爾格了。

Q 將成為奧伯第二夫人的布倫希爾德也將是領主一族的一分子，那她會因為不曾上過領主候補生課程而感到吃力嗎？

A 布倫希爾德既不是要當第一夫人，也不會成為奧伯，所以不會感到吃力喔。而第一夫人是因為倘若奧伯去世、孩子又還未成年，為了在這種情況下能擔任暫代領主，最好上過領主候補生課程。但並非絕對。

Q 看過《FANBOOK5》的〈魔力配色與訂婚儀式〉後，可以了解整個儀式的過程，可是只要魔力量能匹配，婚約就能成立嗎？

A 是的。雖然屬性與魔力的適應性，或者該說容易染色的程度因人而異，但也有藥水和魔導具可以幫助夫妻容易染色，所以只要魔力量能匹配，其他都能解決。

Q看過《FANBOOK5》以莉瑟蕾塔為主角的短篇後，學過羅潔梅茵式魔力壓縮法的貴族比起父母，魔力似乎都有大幅增長，那父母送給自己的戒指不會變成金粉嗎？若真的變成金粉，得自己調合嗎？

A其實貴族很少往戒指灌注那麼大量的魔力再釋放。倘若卯足全力灌注魔力，戒指可能會損壞吧，但一般不會為了寒暄就灌注那麼多魔力。平常生活也鮮少遇到情緒失控、使得魔力往外溢出的情況。況且貴族操控魔力時，通常是使用思達普而非戒指。戒指若損壞了，則要依自己當下的魔力量自行製作適合的戒指。

Q蒂緹琳朵奉王命要招贅斐迪南這個夫婿，曾在訂婚儀式上說「今得天上之最高神祇夫婦神的指引，訂下這樁良緣」；而齊爾維斯特面對將成為第二夫人的布倫希爾德，開頭則是說「由引導之神艾爾瓦克列廉所選出的基貝・葛雷修之女布倫希爾德」。想請問一般情況下（不是奉國王之命），領主與第一夫人訂婚時，都以怎樣的語句當開場白？領內貴族嫁出去與他領貴族嫁來的情況會不一樣嗎？還有，並非領主一族的普通貴族在訂婚儀式上，也是使用類似的開場白嗎？

A面對第一夫人或第一配偶，都是說「今得天上之最高神祇夫婦神的指引，訂下這樁良緣」。每個人說的話多少會不太一樣，但最高神祇是固定不變的。第二夫人與第三夫人則要選擇其他神祇的指引來當開場白。

Q貴族會在訂婚儀式上與訂婚對象交換魔石，若成為愛妾的話也會嗎？另外像芙麗妲這樣由平民成為貴族愛妾的情況，是交換飾品這類魔石以外的東西嗎？

A沒有交換，通常是愛妾會單方面地收到禮物。而芙麗妲雖然是平民，但因為具有魔力，就會收到魔石當禮物。

Q若貴族在受洗前親生父親或母親就亡故了，而且死去的親人還是嫡系（例如菲里妮，父親只是招贅的夫婿），那能奉已故的人為父母舉行洗禮儀式嗎？

A可以。像菲里妮就是以這樣的方式受洗；而如果當初艾薇拉拒絕，羅潔梅茵也將以第三夫人女兒的身分受洗。

Q如果已受洗的未成年領主候補生都要住在城堡的北邊別館，那就算不是領主親生孩子的領主候補生（比如被降為上級貴族前的卡斯泰德等）也一樣嗎？在像多雷凡赫那樣有很多領主候補生的領地也是如此？

A就如同養女羅潔梅茵要住進北邊別館，即便不是領主的親生孩子，領主候補主也都得搬進去。在多雷凡赫也一樣。

Q至今從未在書裡看過貴族受洗時，有朗讀神話和教導如何祈禱（跑跑人）的描述。很好奇是書裡沒寫而已，但實際上一樣會有，還是貴族都不曉得如何祈禱？

A會講述神話，但確實不會教導如何祈禱。因為對貴族來說，祈禱是神官的工作。就是他們看過也知道，但不認為自己該做這種事。

Q在因為魔力量與其出身不符，而被送去當青衣神官或巫女的案例中，孩子通常是幾歲會被送去神殿呢？另外想問，肅清後被送往神殿的幼童雖然住進了孤兒院，但一般如果是未滿七歲就被送去神殿當青衣見習生，即使還沒受洗，也會提供單人房給他嗎？還是會由孤兒院收容？

A通常是五到七歲之間，可以完全確定一個孩子在受洗前是否魔力量不足。若以青衣見習生的身分進入神殿，會在貴族區域裡為其提供單人房。明顯與貴族有關的孩童，絕不會住進孤兒院這種有平民出入的地方。

Q貴族懷孕時似乎會為腹中的胎兒灌注魔力，但在阿妲姬莎離宮這種特殊的環境下，多半無法期待父親會提供魔力，那當時都是怎麼做的呢？

A會請男方在魔導具裡灌注魔力，然後再做使用。除此之外，也有人會存好魔力留下魔石，但基本上都是在非常艱難的情況下生產。

Q懷有身孕的貴族女性都會為孩子提供魔力，但像谷麗媞亞的生母或是愛妾身蝕這類女性，會不會不曉得要灌注魔力？這樣還能生下魔力量足以成為貴族的孩子嗎？

A正因為她們不曉得提供方式，自己也不太會操控魔力，所以有時腹中的胎兒就會自行從母親那裡汲取自己需要的魔力。

Q貴族間初次見面時，被問好的那一方偶爾也會回答「不允許」嗎？如果會的話，想知道這是否也有用到神祇名字的固定用語。

A一般不會。身為要懂得克制情感的貴族，絕不可能這樣做。再者這種行為非常失禮，被拒絕的那一方說不定會整個家族起身反抗、挑起戰火。舉例來說，倘若薇羅妮卡拒絕回應萊瑟岡古貴族的問候，前任領主只要以此為理由要求離婚，亞倫斯伯罕也無法反駁。

Q在城堡工作的貴族都是靠關係錄取的嗎？那要參加考試嗎？

A基本上都是靠關係。成年後正式錄用時，也會參考貴族院的成績與見習時的工作表現。

Q之前說過女騎士不會參與沒有據點的討伐和採集，但如果婚後育兒工作已經告一段落，或是成了寡婦，屆時會去哪裡任職、負責怎樣的工作呢？另外，是否就算再次加入騎士團，也會被排除在沒有據點的討伐和採集外？

A 會負責守衛貴族區，或成為領主一族的護衛騎士。若有意願，也能參與沒有據點的討伐和採集，但在有家庭或孩子的情況下，有意願的人通常不多。

Q 書裡常強調羅潔梅茵的近侍不多，那中領地的領主候補生原本該有多少名近侍呢？

A 考慮到輪班制，能擔任指導員的成年騎士、文官與侍從都最好再有各兩名呢。

Q 所有上級侍從都選擇了留在艾倫菲斯特，但羅潔梅茵今後的身分將變得更高，眾人能夠認可中級貴族的莉瑟蕾塔成為她的首席侍從嗎？

A 決定首席侍從的人選時，只要有主人羅潔梅茵及其近侍們的認可就足夠。所以莉瑟蕾塔會順利地成為首席侍從吧。

Q 喬琪娜曾對尤修塔斯說，他若修習侍從課程就無法服侍身為異性的自己，所以要他去當文官；然而，黎希達卻能在身為異性的齊爾維斯特身邊服侍。同是異性，也有什麼條件或慣例才能成為侍從嗎？

A 最主要在於主人接納與否吧。畢竟侍從負責打理自己的生活起居，年紀相仿的男性當然不能為女主人沐浴更衣，萬一擦槍走火就糟了。而黎希達是齊爾維斯特的長輩，又以指導員的身分從小就侍奉他，旁人也不認為兩人會有什麼異常關係。像韋菲利特也是因為薇羅妮卡無法容忍他更親近自己以外的女性，便將和黎希達一樣、年紀都足以當他母親的侍從解任，否則其實在韋菲利特受洗後，不會由奧斯德擔任他的首席侍從。

Q 擔任領主一族專屬醫師的人，偶爾也會為其他貴族看病嗎？那下級貴族生病的時候，也有能力看醫生嗎？

A 只要得到奧伯的許可，偶爾也會為其他貴族診治。另外只要有錢，就近也有醫師的話，下級貴族也有能力看醫生。因為有的基貝土地上沒有醫生，不一定找得到。

Q 騎士、文官與侍從除了工作服外，服裝上還有什麼規定嗎（比如髮型與隨身攜帶的物品等）？

A 工作服是指制服嗎？像貴族院固定要穿的黑衣？隨身攜帶的物品每個人各不相同，並沒有特別規定。

Q 男性的襪子也和女性一樣，都是覆蓋到大腿一半的長襪，然後用繩子固定在腰帶上嗎？那有類似膝下吊帶襪的襪子嗎？

A 就和女性差不多。並沒有類似膝下吊帶襪的襪子。

Q 每天去城堡辦公但不留宿的領主候補生，三餐都是帶著專屬廚師，讓他們為自己煮飯嗎？還是統一由城堡的廚師供餐？

A 通常統一由城堡的廚師製作餐點。只不過，斐迪南因為改不了對城堡餐點保有戒心的習慣，若非受到邀請，都是回自己的宅邸用餐。

Q 艾倫菲斯特城堡裡的廚房，是按著雇主的數量個別使用一間嗎？還是共用一個大廚房？既然領主一族會共用廚師，我想廚房應該也是共用，但如果有專屬廚師在，那會各自使用不同的廚房嗎？

A 大家在本館一起用餐時，各自的專屬也會聚在大廚房裡一起製作餐點。此外，領主候補生在北邊別館裡都有自己的廚房，會烹煮早餐等食物。

Q 廁所裡的黏糊糊物體是魔獸嗎？還是魔導具？若是魔獸的話，不會因為排泄物裡含有的魔力而急遽成長嗎？

A 已經改良成急遽成長後會變成現在的狀態。

Q 像前任基貝・萊瑟岡古這樣年事已高的貴族，感覺平常都是坐馬車移動，想請問騎乘騎獸這件事有年紀上的限制嗎？還是說不論男女，一輩子都會使用騎獸？順便想問黎希達大人與諾伯特大人這個年紀是哪一種呢？

A 只要還能操控魔力就能騎乘，並沒有年紀上的限制。除非已經昏迷不醒，或是走路走都走不穩，不然都能使用。黎希達在本傳裡已經描寫過了，在貴族院就用過騎獸。

Q 羅潔梅茵還是見習青衣巫女時，祈福儀式期間斐迪南曾這樣威脅她：「魔力要是失控，就會從體內爆炸。」那想請問魔力若是失控，只有本人的身體會皮開肉綻嗎？還是魔力量太龐大的話，會演變成波及旁人的大爆炸？

A 只有本人的身體會受到損傷。旁人頂多濺到一些鮮血，除此之外不會受到波及。

Q 有魔力的人死亡後，體內的魔力會凝聚成為魔石，但如果是魔力枯竭而亡，也就沒有可以凝聚的魔力，是否就不會變成魔石呢？這種情況下遺體是否不會融解消失，而會和平民一樣殘留下來，然後逐漸腐朽？

A 除非是突然變成魔石這種特殊的死法，否則一般都會舉行喪禮，再從遺體中取出魔石。因為就算魔力枯竭了，體內製造魔力的器官仍會化作魔石。只不過魔石會是中空的，之後遺體才融解消失。

Q 想請問對貴族、神官和巫女，以及對平民的處刑（處分）方式分別是什麼？每次都會像哈塞那樣施展魔法嗎？還是有時也會使用類似麗乃那世界裡的處刑工具？

A 並非每次。只有在領主下達指示，而且是由領主一族親自執行時，才會施展那個魔法。下達指令的人不同，處刑方式也不一樣。

Q 關於斯基科薩與拜瑟馮斯等人的處決、對舊薇羅妮卡派進行的肅清，執行的應該都是貴族，那麼是以何種方式呢？因為若要施展黑暗之神的魔法摧毀登記證，就得勞煩領主一族，所以是由騎士團直接動手嗎？

A 是的。這通常是騎士團的工作。

Q 貴族似乎在暴風雪非常猛烈的時候仍有社交活動，但不會發生出了門以後，暴風雪卻遲遲不停，結果回不了家的情況嗎？比起可以騎著騎獸輕便移動的男性，女性與孩童都是乘坐馬車，應該深受天氣影響吧。道路鏟雪想必也不容易……遇到這種情況，會借住在城堡或拜訪人家的宅邸裡嗎？

A 邀請客人前來時就會假定有這種情況了。

Q 貴族要向商會一類的平民對象寄信時（比如定做服裝等商品），都是請城堡或宅邸裡的下人去平民區送信嗎？另外書裡曾寫到，灰衣神官在梅茵進入神殿之前都從未去過平民區，那羅潔梅茵以外的神官是怎麼從神殿往平民區送信的呢？

A 如同本傳裡班諾曾前往貴族區的描寫，一般會向定期來訪的商人下訂單。若臨時有委託，中級貴族與下級貴族會派下人去給商人送信，領主一族與上級貴族則大多寄封魔導具信就了事。這是種不讓對方回覆、貴族單方面告知自己需求的方式。青衣神官基本上是透過老家。告訴老家自己需要哪些東西後，老家便會幫忙購買，再請人送到神殿或是親自送來。商人能親自送到神殿的只有食材了吧，會由灰衣神官或專屬廚師收取。有時也會趁這時候把信交給商人，請商人轉交。

Q 根據領地的排名，領主候補生與上級貴族也有機會變成好朋友嗎？羅潔梅茵曾說，漢娜蘿蕾是第一個與她地位相當的朋友。可是，像斐迪南與海斯赫崔是朋友，波尼法狄斯好像也和戴肯弗爾格以及孛克史德克的上級貴族交情不錯。（※第四部Ⅷ〈領主會議期間的留守〉）

A 只要有某些共通點，就能成為朋友喔。只不過這世界的交友關係，可能跟現代日本人想像的不太一樣。像斐迪南與海斯赫崔在比迪塔、採集原料時雖是朋友，但同時也必然存在著身分差距。

Q 黎希達的頭髮本來就是灰色，波尼法狄斯則還是金色，那請問目前出場的人物中，有人因為上了年紀而滿頭白髮嗎？還是說長出了白頭髮後，就會把頭髮染色？另外也很好奇前任基貝・萊瑟岡古的髮色。

A 其實黎希達與波尼法狄斯都有白頭髮了喔。但先不說這個，前任基貝・萊瑟岡古早在登場時就已經頂上稀疏，所以要說什麼髮色嘛……原本是紅褐色。

Q 在以前所有貴族魔力都很豐富的時代，大家會過得比較無拘無束嗎？要是土地也有豐沛魔力的話，感覺嫡子以外的孩子也能過得不錯；而女性除了懷孕生產時外，也能地位對等地在外工作、不需要依賴配偶。那如果想追求一夫一妻制，或是不斷跟人結婚與離婚，抑或讚揚單身的美好，這些事情也有可能嗎？

A 並沒有比較無拘無束喔。因為離了婚，最高神祇給予的加護就會減少，所以貴族通常不到非不得已絕不離婚。讚揚單身的美好說來好聽，但屆時旁人只會投以同情的眼光，覺得這個人其實是借不到宅邸自立門戶（結婚）。

Q 第二部〈救援與訓斥〉裡用魔力堵住傷口時，以及第三部〈序章〉裡確認魔力的流動時，都曾用過魔法陣。那除了對症下藥外，這種以醫療為目的，對他人灌注魔力以及使用魔法陣與魔導具的行為還有其他怎樣的情況呢？那些斐迪南都對羅潔梅茵施行過嗎？

A 依症狀而定。而且嚴格說來斐迪南不是醫生，無法全部都施行。

Q 在羅潔梅茵視角中，從未看過領主一家或卡斯泰德家養過魔獸當寵物，所以上級以上的貴族，養寵物的比例不高嗎？

A 因為寵物是心靈支柱，到時就會變成主要角色……除去作者如此主觀的理由外，還有羅潔梅茵與麥西歐爾因為要往來於城堡和神殿，並不適合養寵物。卡斯泰德家則是現在根本沒有餘力養寵物。等到以後孩子們都離家了，幫忙照看的繆芮拉與菲里妮結婚了，印刷業也步上軌道，艾薇拉若感到寂寞可能就會養寵物吧。

Q 在羅潔梅茵做出植物紙前，尤根施密特境內就只有羊皮紙，而羊皮紙與植物紙又非常昂貴，所以大家上廁所時應該不是用紙吧。那麼，①用碎布擦式②用草木的葉子或莖稈擦拭③不擦直接穿內褲……請問是哪一種呢？希望可以分別回答貴族與平民的情況。抱歉問了這麼粗俗的問題。

A 貴族會使用類似簡易洗淨魔法的魔導具。平民的話……根據每戶人家的經濟狀況，不是①就是②。

Q 貴族認為光腳是非常不得體的行為，那平民的認知也一樣嗎？像戴肯弗爾格與亞倫斯伯罕等南方領地的平民，夏天會穿涼鞋或光著腳丫泡水消暑嗎？

A 平民時期的梅茵除了冬天外，和路茲都是光著腳穿木鞋喔。連木鞋也沒有的話，還會只裹上一層布。進入河裡時也會脫掉木鞋。

Q 平民與貴族間有著難以撼動的階級差異，那會不會有的領地階級差異比較和緩？有的則比較激烈？比如在講求實力的多雷凡赫與尚武的戴肯弗爾格，如果有平民各方面能力都很突出，會享受到更好的待遇嗎？

A 其實在艾倫菲斯特，專屬商人與工匠都會得到比較好的待遇喔。如果是問平民會不會在貴族區受到重用，負責文官或騎士的工作，答案是否。無論哪個領地，都不會讓平民與貴族平起平坐。單憑無法使用魔導具這一點，就不可能與貴族共事。

Q 當初埃澤萊赫有部分土地被劃給了庫拉森博克，其餘的則變成艾倫菲斯特，那剛好落在兩地交界處的居民，從以前到現在都持續有交流嗎？有的話，庫拉森博克平民的生活方式會不會有些也傳到了哈爾登查爾？例如過冬方式之類的。

A 嗯……頂多聊天時當作話題，用以了解對方的生活方式，但不太可能傳過來呢。因為庫拉森博克的地下城市相當發達，就算經由平民知道此事，但除非奧伯願意施展因特維庫命，在哈爾登查爾建造地下城市，否則想要模仿也無從模仿起。

Q 關於領地基礎的繼承。蒂緹琳朵花了半年的時間也沒能為基礎染色，就連城堡裡的文官們都大失所望。那雖說領地的大小與情勢都不同，可能無法單純做比較，但齊爾維斯特當初是花了多久時間為艾倫菲斯特的基礎染色呢？

A 依基礎魔法中還有多少魔力而定，但通常是一個季節左右。若無法在這樣的時間內染好基礎，也很難以奧伯的身分操控基礎魔法。

Q 亞倫斯伯罕似乎是現任奧伯過世以後，下任奧伯才會開始為基礎染色，但難道不能在發現領主時日無多的時候，就在不至於染色的前提下，讓下任奧伯先為基礎灌注魔力嗎？想知道是物理條件不能這麼做，還是會被視為不敬或謀反，所以才不這麼做。

A 除非猝死，否則一般會在生前就把基礎交接給下任奧伯。蒂緹琳朵也是在前任奧伯病情突然惡化時（斐迪南被叫去亞倫斯伯罕的時候），就繼承了可通往基礎的鑰匙。由於繼承了鑰匙後馬上要去貴族院上課，便沒能為基礎徹底染色，後來又在畢業儀式上發現自己是下任君騰候補。一旦成為奧伯就當不了下任君騰，所以她是故意不染色的。

Q 明明多年來，齊爾維斯特幾乎每天都會為基礎奉獻魔力，為何在神殿只生活了幾年的羅潔梅茵，取得的加護量比他還多呢？單純是因為就算只有幾年，羅潔梅茵奉獻的魔力量還是比他多？還是因為羅潔梅茵受到諸神青睞呢？

A 因為一直以來，齊爾維斯特都只向最高神祇與五柱大神祈禱而已。而羅潔梅茵經常在儀式上向眷屬神獻上祈禱，也奉獻了大量魔力，再加上她祈禱的地點是在神殿。神殿本就是祈禱用的設施，比其他地方更容易讓祈禱傳入神的耳中。

Q 在星結儀式以外的場合，若使用光之女神的神具會發生什麼事？

A 會帶有契約魔法的效力。

Q 故事裡出現了叫作緋亞弗蕾彌雅之杖的眷屬神神具，但為了操控神具，最終需要的還是魔法陣。那若有像斐迪南大人那樣的研究者進行研究，有沒有可能重新改寫魔法陣，變出其他眷屬神的神具呢？

A 只要熟讀過聖典、能看到地下書庫裡的資料，也對其他眷屬神的神具有足夠的了解，應該是有辦法重新改寫魔法陣。但其實沒有這個必要，圖書館的地下書庫裡就有關於各種神具魔法陣的資料了。在取得改寫所需資料的過程中，應該就能找到其他眷屬神神具的魔法陣。

Q 喬琪娜與斐迪南的兩階段魔力壓縮法都是自己想出來的嗎？還是在地下書庫裡得到的知識？或者因為亞倫斯伯罕魔力不足，喬琪娜是奧伯．亞倫斯伯罕教給她的？

A 是的。雖然也會到處蒐集資料，但最終都是自己想出來的。單論壓縮魔力的方法，其實在貴族院每位老師都說明過自己的做法，只是未必全都能夠採用。因為必須摸索出適合自己、又與第一階段壓縮法不起衝突的方法。而羅潔梅茵可謂異類。她不僅能將想像畫面具體呈現出來，還說明得淺顯易懂。

Q 想請問關於魔力、壓縮與祈禱間的關係。對於魔力壓縮，我腦中一直有著像是肉體肌肉訓練的想像畫面。那麼舉例來說，就像跑步與游泳一樣，只是方法不同，但祈禱也能和壓縮一樣（有別於加護時的消耗減少）增加魔力總量嗎？

A 祈禱會增加的是神的加護，不是魔力。

Q 若沒有拿出屋裡的東西就將秘密房間消除，裡面的東西會消失到哪裡去呢？那如果是還有人在房裡就清除登記，裡面的人又會如何？

A 與其說是消失，比較像是再也無法連接上。裡面的人會出不來，最終喪命。

Q 秘密房間的維持需要供給魔力嗎？如果需要，是製作者本人得提供嗎？還是可以從基礎之類的地方提供？

A 魔導具做好後，發動時都得提供魔力，但維持並不需要。所以製作秘密房間、開關房門的時候雖然得提供魔力，但平常放著不管時並不需要。

Q 秘密房間在製作者死後，可以多大程度保留下來？

（透過本傳可以知道不會馬上跟著消失。）

A 進不進得去撇開不說，但只要登記沒有消除，就會一直存在。

Q 秘密房間做好後，製作者以外的人能以主人的身分變更魔力登記嗎？如果可以的話，在原主人死後能繼承房間嗎？

A 不能。秘密房間的主人若要變更，就必須先消除原有登記，再重新進行登記。以本傳中出現過的秘密房間為例，神殿那裡的主人就是從斐迪南變成哈特姆特，小神殿那裡的主人則從羅潔梅茵變成麥西歐爾。就算有家具想留給對方，若不先把內部徹底清空，再重新進行登記，就無法變更持有者。

Q 教導如何使用水槍時，齊爾維斯特、卡斯泰德與波尼法狄斯也在場，那他們現在也能變出水槍了嗎？

另外魔力量若是不高，似乎就無法讓水槍發揮作用，那他們能夠有效活用嗎？

A可以變出來喔，只不過需要相當大量的魔力。而且射出的攻擊會分散開來，所以在用來轉移敵人的注意力與進行牽制時十分有效。可惜攻擊力不強，無法成為致命性的武器。騎士團戰鬥時，已有其他人會負責牽制，而魔力量多的騎士該具備的是壓倒性的攻擊力。由於水槍的使用效果不佳，平常並不會使用。但若是一對一較量、需要展示各種招式的時候，或許就派得上用場了。

Q讓其他人使用自己變出的水槍時，會消耗到哪一方的魔力呢？A：若水槍裡面還有水（魔力），會先消耗掉變出者殘留的魔力，之後再消耗持有者的魔力嗎？B：就算水槍裡面還有水，但在換人拿的瞬間就會消失，持有者只能消耗自己的魔力嗎？

A一般無法把用自己思達普變成的武器借給他人。因為思達普等同自己的魔力本身，無法借給他人。而水槍畢竟有實體，是可以讓人拿在手上；另外像把神具傳承給下一代這種特殊的情況下，也會讓孩子往思達普變成的神具灌注魔力。但即便如此，也無法交由他人使用。若把內部還留有魔力的水槍讓他人拿在手中，對方頂多只能釋出裡面的魔力，並無法扣下扳機。此外，他人也無法往水槍供給魔力。

Q羅潔梅茵能用戒指和禱詞變出「風盾」，有了思達普後還能唸著「哥替特」用咒語變出盾牌，但在變出巨大的舒翠莉婭之盾時，似乎都是詠唱禱詞。難道用思達普變不出巨大風盾嗎？一般都認為使用思達普時必須有既定的想像，所以是大小太過不同的情況下，就無法使用嗎？

A只要有思達普加禱詞，就能變出舒翠莉婭之盾。但由於「哥替特」是讓思達普變成盾牌的咒語，所以用戒指變不出來。此外，詠唱「哥替特」也變不出半球狀的舒翠莉婭之盾。因為「哥替特」已有固定形象了。反正都要詠唱禱詞，羅潔梅茵通常都是使用戒指變出舒翠莉婭之盾，然後保留還可變成武器或神具的思達普。

Q貴族回應平民的問候時所釋出的魔力，以及儀式上羅潔梅茵為了給予祝福所釋放的魔力，都去了哪裡呢？平民有辦法吸收嗎？（因為像貴族是透過戒指吸收。）

A貴族回應問候時，沒有明確給予對象的魔力會往四周飛散，被白色建築物與土地所吸收。如果是向幸運女神葛萊菲樹獻上祈禱所給出的祝福，說不定平民還會分到一些好運喔？

Q寒暄時貴族會用戒指接收他人的魔力，但若彼此的魔力性質相差過多，難道不會不舒服嗎？一整天接受太多問候的話，會不會感到疲累呢？

A並不會感到不舒服。因為是用戒指承接，也不會進到體內。

Q想請教有關洛古蘇梅爾治癒的問題。如果是擁有水屬性的貴族，不管是誰都能施展嗎？

A只要祈禱誰都可以施展，差別只在於魔力量不同，能給予的治癒程度也不同罷了。而且只要使用存有水屬性魔力的魔石，即便貴族自身沒有水屬性，也能施展治癒魔法。其實原本該像這樣努力獻上祈禱，才能取得諸神的加護。但現在因為有回復藥水，又有消耗少許魔力就能進行治癒的魔導具，便沒有人會再沒效率地獻上祈禱。

Q治癒對變聲有效嗎？

A如果會感到疼痛，那麼治癒魔法有助於緩和，但無法阻止變聲，就像也無法阻止老化一樣。

Q洗淨魔法明明能對自己使用，為什麼治癒卻不行？

A如果這裡的治癒是指洛古蘇梅爾的治癒，那是因為諸神的祝福本就是為了他人而祈求，要向神祇奉獻自己的魔力才能產生效果。而洗淨魔法不會向諸神奉獻魔力，只是一種在改良後能為自己所用的魔法，和諸神的祝福不一樣。

Q用洗淨魔法變出來的水是冷水還是溫水？可以隨意調整水溫嗎？

A和常溫差不多。無法調整水溫。

Q小說裡比求娶迪塔時，曾寫到羅潔梅茵示範過如何使用埃維里貝之劍。既然當時的羅潔梅茵在取得加護後，魔力多到難以控制，那她揮下埃維里貝之劍後有什麼結果？

A由於羅潔梅茵是女性，身後又沒有需要守護的其他女性在，因此施展不出原本該有的威力。雖然跑出來的命之眷屬們橫衝直撞了一會兒，但因為本來就在下雪，也沒有釀成嚴重的災害。

Q暗魔石與空魔石有什麼不同？它們各自都有獨特的功能嗎？

A暗屬性具有吸收的效果。雖然容量因魔石的大小而異，但暗魔石無論何種屬性的魔力都能自行吸收，並轉成暗屬性的魔力。第二部尾聲前任神殿長之所以能使用魔石，也是因為那顆魔石會自動吸走梅茵的魔力。而沒有學過如何操控魔力的芙麗妲手上，戴的也是有著暗魔石的手環。對比之下，空魔石則是一種內部魔力皆已耗盡的狀態。就好比調合時要先處理屬性雜亂的原料，為其去除或添加魔力，空魔石也需要有人操控並灌注魔力。進入魔石裡的魔力屬性並不會改變。

Q故事裡說過，若能在小祠堂取得所有眷屬神的加護，便能從沒有適性的大神那裡取得加護。那生來就沒有土適性的貴族，不就得不到蓋朵莉希的加護了嗎？

A要先取得埃維里貝的加護，再向蓋朵莉希祈禱。

Q不太明白所謂思達普的成長，那假設對魔力量沒有限制的話，是否就連下級貴族也能藉由祠堂巡禮，讓思達普成長？

A 可以。但只是持有思達普的容量會成長而已，屬性並不會增加。如果是只具有風屬性的下級貴族所持有的思達普，那麼風屬性就會成長。但即使能去所有祠堂，思達普也不會成長為全屬性。羅潔梅茵是因為原本就是全屬性，所有屬性的容量都增加了。

Q （關於梅斯緹歐若拉之書的取得）第五部V裡提到成為君騰候補的條件時，曾寫到出生時因缺乏屬性而沒能取得大神加護的貴族，可以藉由去小祠堂祈禱、取得所有眷屬神的魔石後強化屬性，進而取得大神的加護，最後再去創始之庭取得思達普。這邊所謂的取得魔石，與加護儀式上眷屬神賜予的加護不一樣嗎？

A 兩者……不一樣。眷屬神的魔石相當於入場券，只要得到了魔石後去舉行儀式，就一定能取得加護。

Q 生來就是全屬性的人，即使沒向所有眷屬神取得可強化屬性的魔石，也沒取得加護，仍然可以無條件地取得大神的加護；那麼只要有大神的加護，就能取得梅斯緹歐若拉之書嗎？

A 如果生來便是全屬性，那不需要另外做什麼就能進入大神的祠堂。接著再向大神祈禱，取得石板……倒不如說，大神的祠堂裡所有眷屬神也在。只要在祠堂內獻上祈禱與魔力，也等於向所有眷屬神祈禱。

Q 還有其他貴族也像羅潔梅茵與斐迪南這樣，深受自己誕生季節屬性以外的魔力影響嗎？另外，是否還有這種得到諸神祝福後，影響比誕生季節屬性更強大的例子？

A 其實這很常見喔。像身蝕就深受土地影響，也有人是父母帶來的影響比出生季節更強大。魔力在得到諸神的祝福與加護後，都會繼續產生變化。以前本來都是藉由祈禱，在成年前自己培養自己的魔力。但現在因為少有機會祈禱，多數貴族都維持著出生時的屬性。

Q 羅潔梅茵有辦法以斐迪南大人那樣的水準，畫出漂亮的魔法陣嗎？

A 不懂以斐迪南大人那樣的水準是什麼意思？就像要人寫出漂亮的字一樣，每個人想像中的「漂亮」都不相同。羅潔梅茵畫的魔法陣也很漂亮喔，就連戴肯弗爾格的第一夫人也會覺得沒問題。但不可能和斐迪南畫的一模一樣，而且從個性來看就不可能畫出一樣的魔法陣。

Q 第三部裡，斐迪南能將染上梅茵魔力的萊靈嫩之蜜重新染色，是因為以下哪個理由呢？①「染色方式」（梅茵只是灌注魔力讓萊靈嫩成長，並未將原料本身染色）；②「因為原本染上的魔力屬於身蝕」（誰都能將身蝕的魔力重新染色）；③「梅茵與斐迪南兩人的魔力比一般親子還要相似」。還是有其他條件呢？

A 是因為「染色方式」與「身蝕」。

Q 能看到聖典浮出魔法陣的條件是什麼？

A 便是第四部VI裡提到的，要向梅斯緹歐若拉石像的神具奉獻魔力。

Q 關於對魔法與神祇的解讀。羅潔梅茵似乎認為「奉獻魔力向神祈禱後，就會變成魔法」，那尤根施密特貴族普遍的認知是什麼呢？在貴族院學到的知識與常識，對此又是如何解釋？

A 大多認為魔法是一種現象吧。在貴族院學過如何操控魔力後，也了解了符號與魔法陣還有操控魔石的方法，接著只要製作魔導具，就能注入魔力使其發動。而神祇是神話中的存在，只有為屬性分類時會用到，禱詞則和發動魔法的咒語差不多。

Q 獻名這種行為是在什麼時候，由何人基於何種目的創造出來的呢？現階段貴族對於獻名抱有怎樣的印象？

A 是從大神為招納眷屬神所簽訂的契約衍生而來。不知道這裡所說的現階段是指什麼時候，又是想知道哪個領地哪位貴族的想法？如果是薇羅妮卡、喬琪娜與波尼法狄斯，他們對獻名的想法已在本傳裡描寫過了。

Q 如果羅潔梅茵要製作獻名石，那她刻在石頭上的名字會是貴族名羅潔梅茵？還是本名梅茵？

A 會以梅茵的名字去製作。

Q 獻名者登上遙遠高處時，會對被獻名者有什麼影響嗎？獻名石的下場是？

A 對於接受獻名的主人並不會有影響，獻名石也依舊原樣不變。只不過，從遺體中取出的魔石會和獻名石一樣被主人的魔力所包覆，然後成為主人而非子孫的所有物。

Q 比求娶迪塔時面對勞爾塔克的攻擊，羅潔梅茵身上斐迪南送的那些護身符若是發動反擊，會有什麼結果呢？

A 勞爾塔克肯定會一命嗚呼吧，四周戴肯弗爾格的騎士們也會受到嚴重波及。但說不定她身上的護身符也會因此用完，不會把藍斯特勞德的手彈開。不對，護身符向勞爾塔克發動反擊的時候，藍斯特勞德應該也會受到波及？真是不好說呢。

Q 故事裡好像沒有特別描寫到文官與侍從的騎獸，請問和騎士一樣，不是藍色就是白色嗎？還是和羅潔梅茵一樣，保持魔力原本的顏色？

A 每個人的喜好不同，所以這沒有一定的答案。不過戴肯弗爾格的文官與侍從多是藍色和白色。

Q 關於騎獸用魔石。靠著想像力，騎獸用魔石似乎可以分裂成好幾塊再重新組起來，但這是否只是騎獸用魔石的效果，一般魔石並無法變形和重組？

A 是的。是因為羅潔梅茵對魔力的想像，再加上魔石裡充滿她的魔力，以及騎獸用魔石本就是用來變形之物，所以這是在符合多種條件下才能達成的效果。一般魔石無法輕易變形。

Q 艾倫菲斯特領主的孩子們，騎獸基本上會是獅子造型，夏綠蒂卻是蘇彌魯造型。她是受到赫思爾老師影響嗎？還是因為製作騎獸時，她已無法成為奧伯也是原因之一？

A 是啊。首先是赫思爾為了讓貴族女性容易接受，便做出了蘇彌魯造型的騎獸，之後則是看到身邊的人都想要製作可愛的蘇彌魯，再想到自己總有一天會離開領地，她就決定製作蘇彌魯造型的騎獸。

Q 有人做出蘇彌魯造型以外的乘坐型騎獸嗎？有的話是什麼造型？

A 有很多喔。像是璽恩特、第魯提、喀拉穆等等……大多都是羊或者天竺鼠這種圓滾滾的外形再加上翅膀的造型。

Q 為了向羅潔梅茵展示國境門，基貝．克倫伯格還向奧伯提出請求，得到了打開境界門的許可。但通常只有領主可以開關境界門，所以即便是基貝，只要有許可魔石或某種證明，也可以開關境界門嗎？

A 只要有許可魔石就可以。因為國境門還開著的時候，本就是基貝．克倫伯格會代替奧伯開關境界門。類似於貴族院的最奧之間，負責開門的教師也是拿著王族提供的許可魔石。

Q 關於魔導具的原料。印象中，很多原料都來自動植物（如魔獸、魔樹等），但也有動植物外的其他東西能當原料嗎？比如在庫拉森博克以及從前埃澤萊赫的礦山裡挖出的石頭等，這也能當原料嗎？還是說礦石的魔力含量太低，連平民也能直接使用，品質不足以用來做魔導具？

A 因為生物最容易儲存魔力，而礦石做為魔導具的原料實在沒什麼效果。但也不是完全無人使用。

Q 金粉有屬性嗎？既然光之女神的貴色是金色，那金粉是光屬性嗎？

A 要看使魔力飽和後，做出金粉的人是什麼屬性。

Q 金粉是讓魔力達到飽和後所製成，那麼品質會根據所用的原料而有不同嗎？比如一個是赫思爾在課堂上準備的碎魔石，一個是戴肯弗爾格的秘寶黑盾，做出來的金粉品質會不一樣嗎？

A 不一樣。

Q 寄出奧多南茲給羅潔梅茵時，如果她剛好在睡覺、沐浴或是在秘密房間裡，那可以像電話的保留功能一樣暫且擱置，又或者近侍可以代為收下嗎？

A 不行。而且除非情況非常緊急，否則一般不會在晚上向他人送出奧多南茲。不能送奧多南茲的話，還有魔導具信。

Q 奧多南茲還有其他功能嗎？比如能傳達錄音訊息以外的消息，或者可以加快飛行速度之類的？

A 奧多南茲就是種會重複三次語音訊息的魔導具，沒有更多功能。當然也能進行改良，做出新型的奧多南茲，但到那種地步就已經不是奧多南茲了，會另外命名吧。

Q 在得到眷屬神的加護後變成全屬性的齊爾維斯特，以及因為向羅潔梅茵與斐迪南獻名而變成全屬性的人們，若對雷根辛的鱗片灌注魔力，也能變出虹色魔石嗎？

A 雖然也依魔力量而定，再者因獻名而獲得的全屬性者屬性值並不高，所以會變出顏色有些偏向原有屬性的虹色魔石，但確實辦得到。

Q 之前說過因為很難準備到與羅潔梅茵相近的全屬性＋能容納其魔力量的魔石，所以她才沒有佩戴兒童用魔導具，那假如要做的話，大約需要多少魔石呢？如果融合大量的雷根辛虹色魔石有辦法嗎？

A 光是調合出雷根辛的虹色魔石，原料還是不夠。得和製作尤列汾藥水時一樣，進行大規模的採集。

Q 洗禮儀式上進行登記時，貴族與平民所用的牌子是一樣的嗎？只是登記方式不一樣？還是說其實是兩種不同的魔導具？

A 是兩種不同的魔導具。

Q 將成為青衣神官的人，是採貴族式握住發光魔杖在名牌上進行登記？還是採平民式用血進行登記？

A 是採貴族式。

Q 受洗時登記的名牌會隨著取得加護或獻名，屬性也跟著增加嗎？另外若本人去世，名牌會有什麼變化嗎？

A 其實在羅潔梅茵還未出席過的畢業儀式上，會重新對名牌登記魔力。因為原本都是在貴族院的最高年級才會取得思達普、舉行加護儀式。

Q 去羅岩貝克山時用來裝便當的魔導具，是小型的暫停時間魔導具嗎？斐迪南為什麼要特意使用這種魔導具？

A 因為要用來存放採到的原料，才不會有任何損傷。也就是去程的時候裝便當，回程的時候可以裝原料。

Q 達穆爾也能使用暫停時間魔導具嗎？還是魔力量必須有上級貴族程度才行？

A 小型的話他能使用兩、三天。只不過這種魔導具十分昂貴，他應該並未持有。

Q 聖典遭竊事件中，調合出毒藥以及假聖典魔導具的，果然是格拉罕子爵吧？感覺調合難度極高，貴族院也應該不會把這種危險物品的配方教給學生，但若是優秀的文官，只要有心調查就能找到這樣的配方嗎？

A 是的，是戈雷札姆。雖然貴族院的老師不會在課堂上教授這種配方，但只要用心尋找就能找到資料。畢竟藥水與毒藥可說是一線之隔，而且為了防止王族遭到毒殺，曾有教師研究過藥水與毒物，並把研究成果放在貴族院圖書館裡。在第五部這時候，哈特姆特也因為先前尤修塔斯的指導而有所了解喔。

Q 故事裡防止竊聽魔導具與指定範圍的魔導具經常出現，但都還沒出現在貴族院的課程裡。請問是幾年級會學到做法呢？

A 四年級。

Q 洗禮儀式上會順便送給孩子的魔石是如何準備的呢？（魔石源頭→魔獸之類的。）

A 是用父母手邊的魔石進行製作。原料來源各式各樣，有魔獸和魔樹，從中挑選符合孩子誕生季節的魔石。

Q 圖魯克是混沌女神所創的植物嗎？

A 是蘭翠奈維的原產植物。

Q 圖魯克乾燥到可以做為熏香後，能存放多久時間？

A 能存放兩、三年的時間。

Q 關於陀龍布。已知陀龍布的種子就是塔烏果實，而塔烏果實會把水分鎖在內部，然後鑽進土裡，到了秋天會對擁有風之國境門的艾倫菲斯特造成威脅，還是種不怕火燒的魔樹。請問這些設定有什麼神話上的意義嗎？

A 基本上沒有。

Q 薩契從羅潔梅茵手上搶走了染有魔力的瑠耶露果實後，就變成了戈爾契。為什麼魔獸在攝取了大量的魔力後，會改變自己的身體去做適應，人類卻會因為魔力過多而感到痛苦呢？那麼魔獸成長到了最終型態後，也會因為無法再往上進化，同樣控制不了魔力嗎？

A 可能是因為人類的魔力器官比較脆弱吧。而成長到最終型態無法再往上進化的魔獸，有時也會因為控制不了魔力而亡。尤其是變化太過急劇的情況下，大都無法好好控制魔力。

Q 想請問有關植物的問題。魔樹的種子也能越過邊界（基貝或奧伯的結界）嗎？

A 比起種類，更要看果實或種子含有的魔力量。

Q 帕露果實會在樹木消失前咻地飛走，那在平民區森林（奧伯直轄地）以外的地方也採得到帕露嗎？貴族森林裡沒有嗎？

A 基本上只在平民區的森林裡。因為會被城市上空的結界擋下，果實並不會掉到貴族森林，也就不會在那裡生長。

Q 尤修塔斯知道帕露的存在嗎？

A 他知道這是冬季的一種甜食&雞飼料。

Q 帕露果實能變成魔石嗎？

A 可以。

Q 帕露變成原料以後，會是什麼屬性？

A 命屬性。

Q 想請問魔樹增加的辦法，以及魔樹可以移植嗎？可以的話想知道具體而言怎麼做。

A 每種魔樹都不一樣，所以沒有一定的答案。基本上就是結出果實後，經由種子增加數量。

Q 這個世界有櫻花、銀杏和楓樹這種並非魔樹的樹木嗎？

A 雖然沒有櫻花、銀杏和楓樹，但也有外觀類似且並非魔樹的樹木。

Q 這個世界有人類以外的亞人這種人種嗎？不管是尤根施密特境內還境外。

A 目前為止並未發現。有的話大概也會被當成魔獸。

Q 這個世界有日蝕和月蝕嗎？

A 雖然不知道光之女神是不是做了什麼，但黑暗之神情緒失控的時候應該會有。

Q 出外旅行時，若無法透過星星的位置來判定自己的所在地，那旅途中都只能參考地圖，再根據地形與街道來推敲自己的所在位置嗎？

A 平民的旅行就是這樣。

Q 尤根施密特的地圖上，境界線並沒有延伸到海上，那這個世界有領海這種規範嗎？（好幾個領地都與同片海域相接的情況下。）

A 雖然有境界線，但除此之外並無特別的劃分。

Q 既然國境門是個巨大的轉移魔導具，那麼尤根施密特與波斯蓋茲，以及蘭翠奈維的土地是相連的嗎？（如果不進行轉移，直接穿過國境門，然後騎著騎獸飛行，可以抵達這兩個國家嗎？還是類似於在其他世界，無法抵達？）

A 是在其他世界，無法抵達。

Q 尤根施密特的國土是圓形的，想問蘭翠奈維與其他國家也是圓形的嗎？

A 不是。

Q 在尤根施密特看來，其他國家（蘭翠奈維、波斯蓋茲等）都是不透過國境門就能互相往返的嗎？是像地球上的國家一樣在同一個平面上，還是存在於另一個次元？

A 其他國家有的是在同一個次元，也有的不是。

Q 與他國聯絡時都是採用何種方法？就算國境門關上了也有辦法聯繫嗎？

A 與他國聯絡時，都是請使者送信。國境門關上後就無法聯繫。

Q 貴族在穿越邊界時會被領主感知到，那魔獸或身蝕也感知得到嗎？

A 雖然視魔力量而定，但也感知得到。保險起見還會前往確認，若是魔獸的話通常會加以驅除。

Q 故事裡對於基貝治理的土地會提供小聖杯，但直轄地的村子等地方都是拿著木桶，從大聖杯那裡接下滿滿一桶的魔力，相比之下感覺有點少。不夠的話是基貝一族要為土地的基礎供給魔力嗎？

A 小聖杯也是神具的一部分。只要徹底注滿魔力，倒出的魔力量會比外表看起來的更多。

Q 想請問薩克與約翰等平民區的鍛造工匠所使用的金屬。尤根施密特的金屬資源是原本那塊土地上就有的？還是建國時用魔法使其生成的呢？若是靠魔法生成金屬，那麼金屬資源的總量是從建國以來就維持不變？還是只要往土地灌注魔力或用其他方法，就能讓金屬重新生成？

A 是用魔法使其生成。藉由往土地灌注魔力，就能重新生成。

Q 除了梅茵以外，也有其他轉生者或是想起前世記憶的人嗎？

A 雖然在羅潔梅茵視角的本傳中不會出現，但有的。

Q 尤根施密特境內，是否存在著髮色為漸層的人或神？

A 其實有也很正常，但畫成插圖時就得再三確認髮色，太麻煩了，所以不會設計這樣的角色。

Q 尤根施密特裡有人是異色瞳嗎？如果有的話，旁人會覺得毛骨悚然還是覺得很美麗？

A 其實有也很正常，但那樣就得記住兩邊眼睛的顏色，還要確認插圖太麻煩了，所以不會設計這樣的角色。有人會覺得這樣不正常，也有人會覺得很美麗，應該兩種反應都有。

Q 青衣見習巫女時期，送給梅茵的飛蘇平琴與寢具，是特別向專屬工坊定做的嗎？或者是由尤修塔斯去做準備的？還是那是別人留下來的呢？

A 負責準備的是拉塞法姆。準備的標準為：門第不高的貴族女性所用之物。當初是直接買下成品，也就是當樣品擺在現場的東西。

Q 羅潔瑪麗與羅潔梅茵長得很像嗎？喬伊索塔克子爵似乎真的相信她是自己的外甥女。

A 並不太像。但艾薇拉與羅潔梅茵也不像，再加上名字與妹妹極為相似，而且倒推起來羅潔梅茵出生時，妹妹確實正深受卡斯泰德寵愛。既然是卡斯泰德的女兒，他便認為這肯定是羅潔瑪麗的孩子。再者領主的養女利用價值極高，為了從中撈到好處，他才堅稱她是自己的外甥女，另外也因為有基貝．格拉罕他們在背後推波助瀾。

Q 羅潔梅茵人人每年引發的意外事件越來越多，規模也越來越人，請問太常向神祈禱（以這時代的貴族來說）是主因之一嗎？

A 之所以很多事件都與神有關，除了是因為羅潔梅茵太常向神祈禱，也因為其他貴族太少向神祈禱，兩者皆是主因。若大家平常都會向神祈禱的話，也不會只有羅潔梅茵成為與諸神溝通的窗口……

Q 假設比完求娶迪塔後，羅潔梅茵必須嫁給藍斯特勞德當第一夫人，那她能夠勝任戴肯弗爾格的領主第一夫人這個職務嗎？

A 在討論能否勝任之前，首先羅潔梅茵應該當不成戴肯弗爾格的第一夫人。因為無論求娶迪塔的結果如何，後來都會發生與古得里斯海得有關的一連串紛爭。戴肯弗爾格頂多可以選擇，要擁戴成為國王養女的羅潔梅茵成為君騰，還是為了維持尤根施密特的秩序，讓她嫁給現在的王族，但絕沒有讓她成為戴肯弗爾格第一夫人的選項。

Q 第四部Ⅲ的〈終章〉裡，羅潔梅茵曾將許多人比喻為各種家具，那麼文官們與黎希達以外的見習侍從們，對她來說又是怎樣的存在呢？

A 在第四部Ⅲ那時候，就像是貴族專用的美麗易碎餐具吧。是身為貴族，每天都得使用的餐具。雖然漂亮又討人喜歡，生活上也是必需品，但在對待上卻得小心翼翼。而她真正想用的，卻是用起來能毫不顧忌的木製餐具。

Q 若以物品來比喻波尼法狄斯，會是什麼呢？（他對羅潔梅茵傾注的愛情可以說與平民最為相近，所以很好奇羅潔梅茵對他的看法。）

A 只是觀看的話倒還好，有它在也很放心，但不慎太過接近的話卻有可能喪命，所以一般並不會把這種物品放在身邊，真難比喻呢。嗯……大概就像用於保衛城堡的陷阱類魔導具？一不小心靠近的話，會不分敵我把所有人都吹跑。

Q 羅潔梅茵擁有異世界的記憶這件事，卡斯泰德與齊爾維斯特應該都知道，那羅潔梅茵不知道他們也知道嗎？因為從未找她商量這方面的事情。

A 成為貴族以後，羅潔梅茵只要動腦想想，就能知道窺看記憶的魔導具是誰所持有，又是誰命令斐迪南調查她「對領地來說」有沒有危險。所以就算沒人告訴她，她自己也會知道喔。而異世界的記憶光是印刷就帶來了太過巨大的影響，讓人應付不來，所以不會去商量這些事情。因為齊爾維斯特並不想再自找更多麻煩，再加上斐迪南也向他報告過：「反正她提供的知識只會跟書有關。」（笑）不過，若是羅潔梅茵可以理解或能提供意見的事情，他倒是常常找她商量，問她有沒有什麼解決辦法。由於不曉得羅潔梅茵會說出怎樣的見解與知識，他們都會屏退近侍，只留下知道她有異世界記憶的人進行談話吧？為了讓她能基於異世界的記憶，盡情發表自己的看法和主張。但是，一般其實不會要求領主的近侍離開領主辦公室。就是因為對羅潔梅茵有這樣的特別待遇，韋菲利特才會鬧彆扭。

Q 羅潔梅茵創造出了許多商品，但就只有知識是來自現代日本，所以就算想要實踐，平民時期卻因為什麼材料都沒有，很多東西都是與身邊沒有魔力的人們費盡千辛萬苦才做出來的吧？那她現在能使用魔力了，是否就能完全跳過栽培工匠、尋找材料這些步驟，在尤根施密特接二連三地創造出日本現代社會裡會有的方便器具呢？請問寫作時是否有明確的設定，就是哪些東西能用魔力製作，哪些東西得由工匠做出成品？因為這個世界明明可以一瞬間就蓋好神殿，活版印刷技術卻耗了那麼多心力進行開發，讓我覺得很不可思議。

A 如同本傳所述，羅潔梅茵並不具有將自己的知識與尤根施密特的魔法結合起來的技術。她雖有大量魔力，卻缺乏對研究的熱情，以及發明魔法陣與魔導具的天賦。神殿是因為把既有的魔法背起來，再傾注魔力就能蓋好，但若要從頭構思、製作活版印刷魔導具，這需要的是完全不同的能力。所以，羅潔梅茵不太可能接二連三地發明出新產品。她只會丟出提議說：「我想要這樣的東西。」然後讓身邊的人疲於奔命。這種關係不管她是平民還是貴族都一樣呢。

Q 羅潔梅茵還沒有魔力感知的能力嗎？會不會就算開竅了，也因為魔力量與旁人相差過多，根本感知不到別人的魔力，別人也感知不到她的？就像蒂緹琳朵感知不到斐迪南的魔力這個例子。這種情況下，其他領主候補生會不會以為「她還是個小孩子」呢？

A 第五部VI這時候她還未能感知魔力。就算開竅了，也會有感知不到他人、他人也感知不到自己的情況發生；而在誰也感知不到的情況下，確實會誤以為她還是小孩子呢。

Q 想擁戴羅潔梅茵成為奧伯的那些人，有想過配偶該怎麼辦嗎？羅潔梅茵不僅是女性，身體又虛弱，要按蒂緹琳朵的擇婿標準來找到配偶恐怕很難吧。再加上艾倫菲斯特好像與他領沒什麼往來。

A 其實現在有許多領地都想與羅潔梅茵或是艾倫菲斯特結親，所以會自願成為夫婿候補人選的人還不少喔。只不過，目前是因為羅潔梅茵還未能感知魔力，他們才能大做白日夢，但實際上要找到魔力能匹配的人並不容易。平常不會與羅潔梅茵見到面的貴族，根本不會發現她的魔力已多到找不到結婚對象。真到了魔力配色那時候，場面恐怕會非常尷尬。

Q 雖然是不可能發生的假設，但假如羅潔梅茵去採集神的意志時，並未穿戴強化身體的魔導具，那麼神的意志的品質與大小，還有吸收速度會有改變嗎？

A 品質與大小不會改變，但吸收速度會。只不過若沒有穿戴那些魔導具，羅潔梅茵大概也走不到神的意志所在地。

Q 聖女大人在戴肯弗爾格以手段毒辣聞名，那加芬納棋的實力又是如何呢？面對韋菲利特哥哥大人，可以壓倒性獲勝嗎？

A 不會。她沒有下過加芬納棋的經驗，應該贏不了。雖然在為安潔莉卡講解騎士課程的學科時用過棋子，但她從未下過加芬納棋，多半也不了解規則。在比之前，得先看過規則說明書。

Q 第二部在察看梅茵的記憶時，斐迪南應該聽不懂梅茵與麗乃母親的對話吧？所以是根據梅茵傳遞過來的情感，推敲出了大概的內容嗎？

A 當下因為意識與梅茵同步，雖然聽不懂語言，但可以理解。

Q 想請問斐迪南要讓阿爾諾等人遠離時，是用什麼方法。感覺斐迪南應該不會親自動手，那是交給貴族近侍嗎？還是使喚下人之類的平民？

A 阿爾諾是斐迪南親自動手。對於要弄髒自己的手，他並不會感到猶豫。雖然若有向自己獻名的近侍在，他會交給他們吧，但若要交給不信任的他人，那還是自己動手更確實。

Q 斐迪南會先在神殿幫梅茵做健康檢查，曾說是因為「若是稀奇罕見的症狀，說不定會有喜歡研究的怪人跑來，希望能讓他檢查看看」。這是他自己的經驗談嗎？

A 因為醫學就是這樣發展起來的。雖然不是斐迪南的親身經歷，但這種怪人在貴族院裡還不少。

Q 關於哈塞。斐迪南曾說「畢竟妳是第一次，我會教妳怎麼做」，具體而言他是想教羅潔梅茵什麼事情呢？

A 是百分百貴族風格的排除敵人之法。此外如同自己正在做的，他本來想讓羅潔梅茵也經手與領主一族有關的見不得光工作。只是後來發現對她來說太勉強了，便死了心放棄。

Q 蒂緹琳朵與斐迪南的魔力有著顯著差距，那倘若星結儀式沒有延期，他們之間能有孩子嗎？

A 若沒有正常的夫妻生活，會是招贅方（蒂緹琳朵）的責任；但就算有了正常的夫妻生活，兩人也不可能有孩子。反正只要在萊蒂希雅成年前能爭取到時間就好，即便斐迪南的地位變得不穩定，其實也和現在沒什麼差別。

Q 斐迪南到了亞倫斯伯罕後，是在茶會上彈奏飛蘇平琴的吧？

A 他第一次彈奏飛蘇平琴是在開場宴上，後來參加茶會時也會彈奏。

Q 在亞倫斯伯罕出席茶會時，斐迪南會帶著磅蛋糕等點心當見面禮參加嗎？還是不帶禮物就參加？如果是這樣，本來還打著如意算盤、以為可以獲得新流行的貴族，應該會很明顯地慌了手腳吧？

A 不僅領主一族會參與的冬季社交活動大多是在城堡裡舉行，再加上斐迪南並未把專屬廚師帶來，所以都是吩咐亞倫斯伯罕的宮廷廚師準備點心。參加茶會時，也不會特意把磅蛋糕帶過去。因此蒂緹琳朵才會心想：「他什麼時候才要把專屬廚師帶來？」

Q 第五部VI的短篇〈蘭翠奈維的使者〉裡，有一幕是斐迪南大人拚命壓抑著激昂的情感，質問蒂緹琳朵說：「所以蒂緹琳朵大人的意思是，做好覺悟前來的公主，無論遭受怎樣的待遇都該接受嗎？」這幕場景讓我心跳漏了半拍，感受到斐迪南大人明知母親是為了獲得魔石才生下自己，但原來還是很愛自己的母親嗎？對於自己的生母，斐迪南大人抱有怎樣的想法呢？

A 不光是母親，他是認為整個阿妲姬莎離宮根本不需要存在，也認為不能再有更多不幸的女性和孩子，蘭翠奈維最好滅亡。對於生母並沒有什麼特別的想法。

Q 第四部Ⅲ艾格蘭緹娜在回憶往事時，曾說過姊姊當時已到了談婚論嫁的年紀。那推算起來，艾格蘭緹娜的姊姊與斐迪南應該曾同時就讀貴族院，除了交流會外，雙方曾有過交集嗎？

A 沒有特別交集。

Q 第五部Ⅵ〈孩子們的茶會〉中，羅潔梅茵直到這時才知道，原來單獨握在手中的防止竊聽魔導具若使用太長時間，可能會給還未就讀貴族院的孩童造成負擔，於是她很生氣斐迪南從來沒對自己這麼貼心過。但是，斐迪南大人真的認為若使用太久造成不適，那樣也沒關係，正好能讓（當時的）梅茵中途離場嗎？會不會是從沒想過會給羅潔梅茵造成負擔？對此十分好奇。

A 根據羅潔梅茵奉獻的魔力量，他並不覺得會給她造成負擔，況且就算身體承受不住必須中途離席，他也覺得沒問題。

Q 既然斐迪南在就讀貴族院時曾過度壓縮魔力，那他當時的體型會比較嬌小嗎？身高又是在什麼時候追過齊爾維斯特的呢？

A 開始一整年都待在貴族院後，他便一口氣長高不少。身高是在成年前後追過齊爾維斯特。

Q 斐迪南從前會拚了命地增加魔力，是因為薇羅妮卡的關係嗎？如果壓縮的程度和一般貴族一樣，他的魔力量會與齊爾維斯特差不多嗎？

A 是因為薇羅妮卡的關係。他的魔力量在受洗前就偏多，即使和常人一樣進行魔力壓縮，魔力量還是會比齊爾維斯特多。

Q 幼年時期的斐迪南飽受虐待，不僅被下毒，還被壓榨魔力，為什麼他還能拚命地想活下來，甚至認真地向神祈禱呢？

A 可能是因為有人希望他能活下來吧。

Q 斐迪南當上騎士團長後大約當了多久時間？

A 約莫半年左右。

Q 艾倫菲斯特領內，有人知道斐迪南是從離宮收養來的嗎？比如前任奧伯的護衛騎士等近侍們，可能在收養斐迪南時也在現場，或負責辦理手續之類的？

A 便是波尼法狄斯。

Q 齊爾維斯特總被羅潔梅茵惹出的麻煩搞得一個頭兩個大，那麼在他看來，因羅潔梅茵的功績而獲得的好處跟她惹出的麻煩相比，比例是幾比幾呢？撇開個人情感，以奧伯身分理智思考時，他會慶幸自己收了羅潔梅茵為養女嗎？

A 面對羅潔梅茵惹出的麻煩，他當然會氣得「啊啊，真是的！」仰天咆哮；但因為她的提議而眼前一亮時，也會覺得她做得很好。整體來看，他很慶幸收了羅潔梅茵為養女喔。要不然當初就得採納前任神殿長的主張，處死梅茵、她的平民家人還有神殿侍從們，也得懲罰梅茵的庇護者斐迪南，還會因為上級貴族（賓德瓦德伯爵）在領內受到攻擊而被亞倫斯伯罕抓住把柄，同時薇羅妮卡將繼續作威作福。總比這些事情發生的好。

Q 齊爾大人與芙蘿洛翠亞差了兩歲，那他就讀貴族院時，是從幾年級開始對芙蘿洛翠亞展開追求的呢？既然年級不同，也不會一起上課，究竟是如何追求的呢？是一年級時在交流會上對她一見鍾情嗎？

A 是在齊爾維斯特的姊姊康絲丹翠與芙蘿洛翠亞的哥哥見面的時候。因為在婚約還沒成立前，只有異性兩人單獨見面容易引來非議，他便被帶去參加了與法雷培爾塔克一起舉辦的茶會。然後是在能感知到魔力的二年級以後，開始展開追求。

Q 第五部Ⅳ〈布倫希爾德的提議〉裡，布倫希爾德說了：「我成為第二夫人以後，也會代替羅潔梅茵大人負責領內的社交活動。過往的那種社交方式，羅潔梅茵大人不需要學習。我會將領內整頓好，讓韋菲利特大人與羅潔梅茵大人在以夫妻身分治理艾倫菲斯特的時候，能夠諸凡順遂。」對此波尼法狄斯回道：「還真是近侍的楷模哪。我欣賞妳的志氣，就認可妳當齊爾維斯特的第二夫人了。」但到了第五部Ⅴ的〈序章〉時，為什麼波尼又希望羅潔梅茵能和以前的第一夫人一樣？

A 他知道羅潔梅茵不擅長社交，所以只是認可了布倫希爾德在成為第二夫人後，想要輔佐主人的那份志氣。但就算布倫希爾德認為「並不需要」，波尼法狄斯自身仍然認為羅潔梅茵應該學習舊有的社交方式。

Q 第五部Ⅳ〈領主一族的會議〉最後，波尼法狄斯本想助羅潔梅茵離開神殿，卻遭到了拒絕。像他之前還曾支持萊瑟岡古的共識，感覺是因為不了解羅潔梅茵想要什麼，才會提出這種讓人既感激又為難的協助。那波尼法狄斯若想了解羅潔梅茵的想法，應該怎麼做才好呢？

A 這對波尼法狄斯來說恐怕無計可施呢。因為過去的弟弟突然從中央收養了斐迪南，還要將其納為艾倫菲斯特的領主一族時，他曾大力反對過；所以有部分是基於這個原因，他一直被提防著，不讓他與羅潔梅茵太過接近。

Q 目前波尼法狄斯大人十分溺愛羅潔梅茵，但要是他知道她並非與自己有血緣關係的親孫女，又或者知道了的話，果然態度會不一樣嗎？

A 會不一樣呢。

Q 波尼法狄斯曾想擁戴羅潔梅茵為下任領主，但她與克勞迪奧一樣沒有同母兄弟，他不會覺得這是個問題嗎？畢竟她身體虛弱，又不確定能否誕下子嗣，受洗時名義上的同母兄弟柯尼留斯他們也並未修習領主候補生課程。考慮到羅潔梅茵的下一代，她好像非常不適合擔任下任領主，他真的認為讓她當上領主不會有問題嗎？

A 是的。即便羅潔梅茵無法自己誕下子嗣，艾倫菲斯特領內仍有好幾名領主候補生，所以他不認為這有什麼問題。波尼法狄斯是個毫不在乎領主之位是否會傳給自己親生孩子的人。所以就算後來親生孩子卡斯泰德被降為上級貴族，他也仍然能夠輔佐弟弟與齊爾維斯特。如果羅潔梅茵沒有生下子嗣，或是她的孩子不成器的話，看要夏綠蒂的孩子也好，麥西歐爾的孩子也罷，再把具有領主一族血統的孩子納為領主候補生就好了。就這方面而言，他的想法可說是純正的領主一族。

Q 波尼法狄斯大人身為領主一族，從地位來看他是唯一可以正面彈劾薇羅妮卡的人，也是領主一族中與萊瑟岡古關係最親近的人。為何在前任奧伯．艾倫菲斯特死後，他還是沒有採取任何行動呢？

A 以他的身分頂多可以出言勸誡，但無法彈劾喔。畢竟他是自己主動放棄領主之位，而繼任的新領主是齊爾維斯特。波尼法狄斯若要彈劾並排除身為新領主後盾的薇羅妮卡，就要有自己會成為領主的決心。但他一直以來早已拒絕多次，還把奧伯之位推給了弟弟，所以無法帶頭抨擊薇羅妮卡。若有齊爾維斯特的請求倒是可以幫忙，實際上也提供過協助。

Q 韋菲利特對羅潔梅茵說過，領主候補生自己動手調合並非常識，但明明他的朋友領主候補生奧爾特溫，正是來自研究十分盛行的多雷凡赫，為什麼還會這樣覺得呢？

A 因為個人的興趣與領主一族該交給近侍的工作並不一樣。羅潔梅茵大多是調合自己要喝的藥水，但為主人調合回復藥水與日常用品（比如奧多南茲），本是文官近侍的工作。這跟基於興趣研究新魔導具是兩回事。而且就連為了興趣所做的研究，一般也會把準備工作交由近侍負責。本傳中，多雷凡赫的舍監賈鐸夫老師就提醒過羅潔梅茵。

Q 韋菲利特究竟是在什麼時候放棄了當下任領主呢？是明明身邊的人都阻止過，他卻還是要在祈福儀式時拜訪萊瑟岡古的貴族們，結果被所有人冷嘲熱諷，火冒三丈地回到城堡以後嗎？還是在接受了波尼法狄斯的熱血指導後，體認到自己的能力不足時？抑或是布倫希爾德決定成為第二夫人的時候？

A 是各種因素交織下的結果呢。與其說是放棄，其實他只是想向家人撒嬌、希望他們能多體諒自己，還有因為事情不如己意而想要出氣……原本都是些小情緒而已，卻因為脫口說出抱怨，被巴托特趁虛而入，再被灌輸各種想法，最後就演變成了「我才不想當下任領主」。

Q 明明韋菲利特已被內定為下任領主，但他身邊的近侍們以奧斯華德為首，卻一個個都是廢……更正一下，是好像能力都差強人意。這樣的人事安排是跟派系有關嗎？

A 其實是舊薇羅妮卡派貴族的能力都差強人意喔。因為薇羅妮卡在拔擢他人時，找的都不是優秀的人才，而是能忠實服從自己的人。這些人最擅長的就是派系鬥爭、剷除異己以及搶奪下位者的功勞。對比之下，不得不在薇羅妮卡眼皮子下努力求生的敵對派系貴族們卻變得很優秀，這還真是諷刺呢。另外，單純是因為沒有優秀的人才想跟隨韋菲利特。畢竟受洗前，韋菲利特是個被薇羅妮卡寵壞的大少爺↓薇羅妮卡失勢後又發現他所受教育不足，首次亮相可能失敗↓之後不到一年的時間又擅闖白塔，犯下罪行↓因與羅潔梅茵訂婚，被內定為下任領主↓和近侍們一起變得目中無人↓發生肅清↓因處理公務時的態度太過惡劣，下任領主教育中斷↓將與羅潔梅茵解除婚約。

看在平常與韋菲利特沒有交集的貴族眼裡，他簡直教人避之唯恐不及。越是能蒐集到大量情報的優秀人才，越不會想成為他的近侍吧。

Q 基貝．克倫伯格曾經說過雖然有人向薇羅妮卡獻名，行為舉止卻不效忠於她，指的是誰呢？依薇羅妮卡的個性不可能放任不管，說不定早已讓對方遠離了……

A 從前有段時間，被迫獻名的人都會如此發出感嘆和警告。

Q 薇羅妮卡大人開始使用毒殺這種手段的契機是什麼呢？她懂事後母親就過世了，後來哥哥也過世了，弟弟更被送進神殿；接著是與前任奧伯結婚，成為奧伯夫人後依然與萊瑟岡古對立，然後生下女兒、兒子，最後是斐迪南來到艾倫菲斯特。想知道有沒有決定性的動機。

A 母親過世後，兄長也過世了，弟弟又被送進神殿，為了保護自己，她於是開始學習有關毒物的知識。而開始使用毒殺這種手段的契機，應該是為了確保自己能與前任領主結婚吧。

Q 前任奧伯．艾倫菲斯特是被薇羅妮卡下毒殺害的嗎？抑或是自然死亡？

A 是自然死亡。她很清楚丈夫若不在了，便難以保有自己的權勢，所以不可能下毒殺害丈夫。前任領主反而因為她的用藥知識多活了一段時間。

Q 羅潔梅茵是在王族的要求下被迫前往各個祠堂，這件事近侍們（尤其是哈特姆特）知道嗎？大家對此又有什麼想法呢？

A 大家知道她是被迫跟著王族，洗淨各個祠堂。但因為到了祠堂以後並未看到門扉打開，近侍們也不知道她進去過，只是心想：「就算這個要求與神有關，又因為領主會議期間人手不足，但居然要求羅潔梅茵大人洗淨所有祠堂，未免給她造成太大的負擔了吧？」

Q 祠堂巡禮結束後，哈特姆特似乎早就料到王族會招攬羅潔梅茵，但在羅潔梅茵被迫進行祠堂巡禮時，與她同行的近侍們心裡在想什麼呢？

A 沒想到王族竟然真想招攬自己的主人……

Q 哈特姆特在遇見聖女後受到巨大衝擊，甚至讓他改變了至今的生活方式。但假如哈特姆特的魔力和身分都能與羅潔梅茵匹配，他會傾盡全力想得到她嗎？還是說他對聖女只有尊敬，並沒有男女之情，所以會選擇靜靜看她長大成人？

A 現在是因為羅潔梅茵的地位更高，他才會只有純粹的崇拜，但倘若地位一樣（哈特姆特是領主候補生）的話，那會是如何呢？大概不是讓她變成自己的人，就是加以排除吧……首先應該會和初期的哈特姆特一樣，設法讓行事作風前所未見的羅潔梅茵成為領主一族，等到地位對等以後，哈特姆特就會與本傳裡不同，毫不退縮地傾盡全力拉攏，然後就被羅潔梅茵討厭了。拉攏失敗的話，就會動手排除吧。

Q 優蒂特的父親似乎已開始為她安排婚事，請問具體來說對象是誰呢？想知道年紀以及派系等等。

A 是一個大她四歲的克倫伯格文官。

Q 布倫希爾德成為第二夫人後，今後也將是領主一族的一員，但她明明不是領主候補生，也要為基礎供給魔力嗎？

A 是的。其實只是因為能夠進入供給室的只有領主一族，但等到婚後取得了入室資格，魔力供給本身就和儀式一樣，就連下級貴族也能辦到。薇羅妮卡以前也供給過。

Q 勞倫斯因為比起他領的領主夫人，更喜歡現在的貴族院與艾倫菲斯特，便選擇了向羅潔梅茵大人效忠，但他本人對羅潔梅茵有什麼想法呢？

A 覺得她是怪人，而且是非比尋常的領主候補生。不過，也因為她是怪人，他們才沒被處刑、有機會活下來，就連異母弟也能得救，所以很感謝她。感覺大概就是：「羅潔梅茵大人真是怪人。每次都無法理解她突然在說什麼，讓人目瞪口呆，但沒問題。我還能接受！」

Q 羅潔梅茵讀完二年級的慶春宴上，舊薇羅妮卡派有馬提亞斯與另一人獲選為優秀者，那是勞倫斯嗎？

A 當時是巴托特。

Q 獲選為優秀者的勞倫斯也和馬提亞斯一樣，是魔力量相當於上級貴族的中級貴族嗎？

A 是的。他的程度還優秀到了一起習得喬琪娜的魔力壓縮法。

Q 要是安潔莉卡因為留級沒能成為貴族，思達普似乎會被封印，那到時候還能使用魔劍嗎？

A 應該會被沒收。因為不是貴族的人沒有資格擁有魔導具。

Q 書裡說過繆芮拉的未婚夫候補人選之一是巴托特，所以還有其他候補人選嗎？

A 是的。女孩子能感知到魔力後會舉辦慶祝會，受邀前來的男性都是父母可以接受的未婚夫候補人選，而且通常有好幾人。倘若同族又同階級，人選還會重複。像萊歐諾蕾那時的慶祝會，柯尼留斯與哈特姆特都出席了；布倫希爾德那時候也邀請了這兩人。

Q 近侍們比過誰能最快變出埃維里貝之劍，那麼獲勝者是誰呢？

A 是在神殿待得最久的哈特姆特。

Q 會陪學生去貴族院的侍從似乎多是親戚，那菲里妮與舊薇羅妮卡派的獻名近侍們在離開老家以後，能找誰擔任成年侍從呢？

A 由身為主人的羅潔梅茵透過近侍們的人脈，招募願意同行的侍從。後來她拜託了莉瑟蕾塔的親族以及菲里妮的母方親族。而擔任過菲里妮侍從的伊絲貝格在招募時，都是對親族說，這份工作可以與領主一族建立交情。

Q 達穆爾的母親還活著嗎？若是已經亡故，大概是在達穆爾幾歲的時候呢？

A 就在漢力克結婚後沒多久。當初應該就是因為母親的狀況不樂觀，他才會急著成婚。至於達穆爾的年紀沒有特別去思考，所以不確定。

Q 當年斐迪南大人開演奏會時，羅潔梅茵的近侍們曾以客人身分在場嗎？

A 沒有，在場的頂多只有擔任守衛的護衛騎士而已。因為那時候哈特姆特正被奧黛麗要求冷靜，無法靠近羅潔梅茵；而布倫希爾德、萊歐諾蕾、優蒂特、馬提亞斯、勞倫斯、谷麗媞亞與羅德里希的老家都不在貴族區，所以並不在場。莉瑟蕾塔則是父母都在工作，沒能帶她參加。至於菲里妮當時尚未受洗，更不可能在場。

Q 羅潔梅茵的護衛騎士們若都準備好了一定程度的魔導具，一對一單挑下，誰會是最強的呢？

A 應該是柯尼留斯。他雖然沒有特別突出的能力，但也沒有特別不擅長的，加上魔力量最多，又懂得各式各樣的戰鬥方式。而安潔莉卡特別強化的是自己的速度，也一向認為比起活用魔導具，自己採取行動更確實，所以已經在訓練過程中看慣她動作的人很容易就能找出她的弱點。萊歐諾蕾的防禦及指揮能力雖強，但一對一單挑的話，缺乏決定性的致勝能力。馬提亞斯的實力也不錯，但整體而言還是柯尼留斯擁有更豐富的經驗。勞倫斯比起單挑，與人聯手時更能發揮實力。優蒂特除非能以遠距離攻擊徹底擊倒對方，否則近身戰下戰鬥能力就和普通騎士差不多。達穆爾說不定意外有機會贏？因為他擅長蒐集對手資訊、以最少的魔力躲開攻擊，然後出其不意。若有人能靠毅力取勝，那便是達穆爾了。

Q 在羅潔梅茵的近侍眼裡，他們對夏綠蒂及其近侍的印象如何？反過來說呢？

A 互相都覺得對方是良好的協助者。

Q 尤修塔斯當初是與親戚挑選的對象結婚，然後在決定侍奉斐迪南時與前妻離婚，那麼這段婚姻只維持了二十歲前的最後一、兩年嗎？

A 尤修塔斯是在斐迪南輔佐齊爾維斯特時，看到他處理情報的方式後，決定奉他為自己的主人，所以是在他進入貴族院時成為近侍。婚姻大概維持了有四、五年的時間。

Q 艾克哈特是如何取得斐迪南的肖像畫呢？是拜託母親大人幫忙購買的嗎？還是擔任守衛的騎士也有機會購買？

A 擔任守衛的騎士也有機會購買。

Q 請問拉塞法姆與斐迪南差了幾歲？若能順便說明是誰比較年長的話就太感謝了。

A 他比斐迪南大一歲。

Q 拉塞法姆知道羅潔梅茵原是平民嗎？

A 知道。

Q 拉塞法姆在管理斐迪南的宅邸（羅潔梅茵的圖書館）的期間，是每天從自己的宅邸過去嗎？那他結婚了嗎？

A 當初他因為選擇站在斐迪南這一邊，遭到薇羅妮卡排擠，斐迪南便把自己的宅邸交給他管理，讓他有地方住。是住在宅邸裡的未婚人士。

Q 關於齊爾維斯特的首席侍從諾伯特，他是萊瑟岡古的貴族嗎？還是屬於薇羅妮卡派，會遭到肅清（解任）？

A 兩者皆非。他和黎希達一樣，都是侍奉奧伯的侍從。

Q 城堡的首席侍從諾伯特是領主一族旁系嗎？赫思爾是他姪甥，那是父方的親戚嗎？

A 是啊，諾伯特算是領主一族的旁系。赫思爾的母親是諾伯特的姊姊。

Q 把肖像畫一事告訴齊爾維斯特的人是卡斯泰德，艾薇拉知道這件事嗎？

A 不知道。知道的話，夫妻關係會破裂到完全無法復原吧。

Q 海德瑪莉是幾歲的時候，在怎樣的原委下成為斐迪南的近侍呢？她獻名了嗎？有的話是在什麼時候？

A 海德瑪莉原本就是不受薇羅妮卡待見的萊瑟岡古貴族，在她進入貴族院就讀時，隸屬薇羅妮卡派的第二夫人開始鳩佔鵲巢。她與艾克哈特是親族，兩人從小就多少有些往來，也是她可以抱怨第二夫人的對象。由於艾克哈特會奉斐迪南之命做些文官的工作，海德瑪莉便出手幫忙。時間一久，尤修塔斯便問她有無意願成為近侍。因在處理文官類的工作上，她比艾克哈特更能派上用場，斐迪南也就同意了。海德瑪莉並未獻名。對斐迪南來說，他與海德瑪莉的主從關係是伴隨艾克哈特而來。斐迪南會面無表情地看著艾克哈特與海德瑪莉展開競爭，比賽「誰對斐迪南大人更有用」。

Q 想請問尤修塔斯孩子的年紀。根據尤修塔斯的年紀與他離婚的時機，約略可以推斷出孩子的年紀，該不會曾與羅潔梅茵同時就讀貴族院吧？

A 那是尤修塔斯十八歲時有的孩子。羅潔梅茵進入貴族院就讀時，應該已經成年了。

Q 想知道尤修塔斯孩子的性別。尤修塔斯會一見到羅潔梅茵就很有好感，是因為他也有個隱藏真實出身、年齡相近的女兒嗎？

A 是兒子。此外，尤修塔斯會剛見面就抱有好感，是因為他已經先蒐集了許多情報，發現羅潔梅茵十分親近斐迪南，覺得她是很有意思的觀察對象。

Q 雷柏赫特是基貝．萊瑟岡古的異母弟弟，他身為芙蘿洛翠亞的近侍，本要執行可望大幅削弱萊瑟岡古勢力的計畫，但削弱老家萊瑟岡古的勢力，除了對主人有益外，對雷柏赫特來說有什麼好處嗎？

A 其實雷柏赫特與老家有不少過節，若能挫挫萊瑟岡古長老們的銳氣，他的心情會很暢快。這就是最大的好處吧。然而計畫還沒真正執行，事情就在羅潔梅茵出面後圓滿落幕，怏怏不樂的他才對兒子有些遷怒＋說教。

Q 哈特姆特的哥哥們與基貝．克倫伯格第一夫人的孩子，都以近侍的身分在城堡工作嗎？

A 哈特姆特的大哥是在城堡，二哥是在萊瑟岡古，基貝．克倫伯格第一夫人的孩子則是在克倫伯格工作。

Q 哈特姆特有兩個哥哥，那他們分別與哈特姆特差幾歲？

A 當初都是依據艾薇拉與奧黛麗的關係在做設定，所以這我也不太清楚。大哥比艾克哈特小一歲；雖然在貴族院年級不同，但其實兩人只是出生季節不同，幾乎可算是同年生。兩位母親因為孕期有一大段時間重疊，所以感情很好。二哥比蘭普雷特小兩歲，第三個孩子則是同年級。請依此去做計算。

Q 基貝．克倫伯格的兒子亞歷克斯以後會辭去韋菲利特的近侍一職，回到克倫伯格就任為基貝嗎？

A 不會。第一夫人已有兒子，所以身為第二夫人孩子的亞歷克斯不會成為基貝。

Q 亞歷克斯已經從貴族院畢業，那畢業儀式上他的女伴是未婚妻嗎？預計何時結婚？

A 護送的女伴是未婚妻沒錯，但何時能結婚卻不好說。因為一旦宣布羅潔梅茵將成為王族並解除婚約，他這樁婚事有可能會被取消。

Q 第四部V〈在城堡的留守〉中曾出現坎托納，那要是沒有護衛的話，他會對菲里妮做什麼嗎？

A 為什麼坎托納要對菲里妮做什麼呢？他都已經被羅潔梅茵警告過一次了，不可能再對她的近侍做出無謂之舉，惹怒羅潔梅茵。

Q 戈雷札姆策劃白塔一事，目的似乎是為了事後再解救韋菲利特脫離困境、賣人情給他，但這個目的實際上真有可能實現嗎？屆時自己派系的領導人，也就是領主一族的薇羅妮卡以及成為罪犯的韋菲利特都不在了，就算以派系名義展開援救，真的救得了韋菲利特嗎？即便成功，韋菲利特會對在幕後主使的薇羅妮卡派心懷感恩嗎？感覺不太可能。

A 只是所有領主一族都如此揣測戈雷札姆的目的，但實際上並不正確。看過第四部就知道，戈雷札姆雖被歸為舊薇羅妮卡派，但他並未對薇羅妮卡宣誓效忠。他的主人是喬琪娜，還已經向她獻名。他只是想實現主人的心願，根本不在乎薇羅妮卡。這起行動最主要的目的，是挑撥齊爾維斯特身邊的人，還有確認韋菲利特有多好操控、在眾多貴族聚集的活動上領主一族的護衛騎士是如何行動，以及在貴族間要如何安排籌謀才能掩人耳目。他其實一定程度達到了自己的目的。

Q 書上說過「只要長兄的孩子也顯現出相當於上級貴族的魔力量，他們就成功地連續三代魔力都與上級貴族相當」。那麼意思應該是馬提亞斯的長兄有個受洗前的孩子，請問那孩子也由孤兒院收容了嗎？

A 不，冬季肅清時，在波尼法狄斯闖進宅邸時就已經死了。

Q 初任奧伯・艾倫菲斯特原本是怎樣的出身？感覺應該要修習過領主候補生課程，那麼是某個領地的領主候補生嗎？還是旁系王族之類的？

A 是旁系王族。

Q 前任神殿長與賓德瓦德伯爵為什麼知道戴爾克是身蝕？

A 因為戴莉雅會向前任神殿長報告。包括戴爾克一哭身體就會冒水泡、神官長跑來調查某些事情，以及正在找人收養等等。

Q 戴莉雅這一生都得在孤兒院裡度過，那也不能去森林或到戶外嗎？

A 當然不行。戴莉雅知道除了自己以外，被騎士們帶走的拜瑟馮斯的侍從們都已遭到處刑。自己能夠倖免，是因為梅茵幫她說情，加上齊爾維斯特一時興起所致。所以就算戴爾克再怎麼約她、拜託她，她也不會踏到外面一步。這是為了保住自己的性命。

Q 成為專屬以後，羅吉娜見到其他樂師的機會應該變多了，不會與人發展出戀情嗎？

A 就算心生淡淡的愛慕，但在發展成戀情前很快就會消散吧。因為想到有人想接近身為領主一族的主人羅潔梅茵，以及旁人對神殿出身者的眼光，她自己便會心生警戒，多半很難發展成戀情。

Q 假使政變沒有發生，特羅克瓦爾降為臣子，那他原本會入贅至第一夫人所在的領地嗎？

A 不會。這裡所謂的臣子類似波尼法狄斯那樣，是指負責輔佐君騰的旁系王族。特羅克瓦爾在政變開始時就已經結婚，並以旁系王族的身分在貴族院擔任領主候補生課程的講師。

Q 瑪格達莉娜似乎對斐迪南視若蛇蠍，但她為什麼這麼討厭他呢？是有什麼理由嗎？好比天生個性合不來，還是愛有多深恨就有多深？

A 她只是絕對不想跟斐迪南結婚，但並不討厭他喔。雖然確實也常對他感到火大。因為斐迪南總是能把戴肯弗爾格的騎士們耍得團團轉，也因為明明只要他下定決心，就能輕易將第一夫人排除，卻還是選擇被她欺壓，再擺出一副不幸的樣子。瑪格達莉娜是典型的戴肯弗爾格式思考：「既然狠下心來可以那麼冷酷無情，那就和比迪塔時一樣投法扳倒對方呀。」斐迪南則是要顧及領內派系平衡，以及自己與父親還有齊爾維斯特的關係，因此兩人單純是個性上從根本就合不來。瑪格達莉娜還是認可斐迪南的能力，也不討厭他，但會看不順眼。大概是這樣。

Q 對於錫爾布蘭德對羅潔梅茵懷有愛慕之心這件事，瑪格達莉娜是怎麼想的呢？

A 明明彼此都有訂婚對象了，竟還不懂得隱藏自己的心意，這孩子真教人傷腦筋。即便羅潔梅茵大人的外表看來再年幼，她也不可能把年紀還這麼小的他視為考慮對象……快點認清現實吧。

Q 第五部V〈商人聖女〉裡席格斯瓦德說過：「妳要與奧伯・艾倫菲斯特解除養父女關係，並且成為父王的養女，取得古得里斯海得，成年後再與我結婚。」如果這件事真的成真，夫人們的順序與職責會有什麼變化嗎？

A 若羅潔梅茵能為王族找到古得里斯海得，屆時她將以梅斯緹歐若拉化身之身分成為第一夫人，不必拘泥領地排名。阿道芬妮則會降為第二夫人，娜葉拉耶是第三夫人。

Q 在第五部V的全新短篇裡，席格斯瓦德王子很積極地想讓羅潔梅茵住進阿妲姬莎離宮，是有意讓她當捧花嗎？

A 他不可能讓自己的妻子當捧花喔。他只是因為勞布隆托說了這座離宮與斐迪南淵源甚深，才心想既然羅潔梅茵這麼仰慕斐迪南，那正好可以讓她去住那處離宮。雖然神經大條，但並無惡意。

Q 第四部Ⅱ〈王子的召見〉中，為什麼亞納索塔瓊斯王子會知道藍斯特勞德沒有暗屬性？

A 因為兩人年紀相仿，經常被拿來做比較。

Q 艾格蘭緹娜五歲後七歲前，是住在城堡的兒童房裡嗎？還是住在別館的房間裡？

A 是住在第三王子（父親）離宮裡的兒童房。

Q 現在王族成員身邊的近侍們，除了夫人們的原屬領地「庫拉森博克、戴肯弗爾格、多雷凡赫、格里森邁亞、哈夫倫崔」之外，還有其他領地出身的人嗎？（有的話想知道來自哪些領地。）

A 還有亞倫斯伯罕、高斯博第、約瑟巴蘭納。

Q 錫爾布蘭德王子的近侍阿度爾，是如何年紀輕輕便被選為首席侍從呢？印象中首席侍從通常會選擇年長者，所以很好奇他怎麼這麼年輕。

A 最主要的原因是人手不足呢。然後也有一些次要的原因，比如能力出眾的年長者，在所有人都忙得分身乏術時只能納為近侍＋如黎希達那般從小以保母身分陪在身邊的女性首席侍從過世了＋已經確定將來會入贅至他領＋由於馬上要去貴族院履行王族職責，所以比起侍從，更優先為文官與騎士挑選年長者。

Q 中央騎士團長勞布隆托是與格里森邁亞領主關係相近的旁系上級貴族嗎？

A 是領主一族會予以信任的旁系上級貴族。

Q 勞布隆托與歐丹西雅結婚時，跑來提醒歐丹西雅的那名侍從，難道原本是服侍已被處刑的公主嗎？

A 不，本來就是勞布隆托的侍從。

Q 故事裡曾討論過，中央騎士團長勞布隆托在斐迪南還在阿妲姬莎離宮時，可能是負責守衛的騎士。但勞布隆托只見過受洗前的斐迪南，再加上斐迪南成年後都快十年了，勞布隆托應該認不出來才對。難道是王族會確認和追蹤離開離宮的阿妲姬莎之實，而勞布隆托知道這件事？

A 不是的。王族並不會特意追蹤後續。單純是勞布隆托對於被艾倫菲斯特收養帶走的阿妲姬莎之實，懷有強烈的私人情緒而已。他先是因為斐迪南和自己認識的人長得很像，產生了懷疑後，再根據斐迪南的年紀與其艾倫菲斯特領主一族的身分，去調查王宮裡留有的紀錄，來驗證自己的推測是否屬實。並非只靠外表判斷。

Q 書籍版第五部Ⅴ在椎名老師所畫的卷末漫畫裡，說過年輕時的勞布隆托曾是美男子，這是真的嗎？（《FANBOOK5》中說過，官方漫畫選集裡的內容並非正式設定，但卷末漫畫應該不在此限，所以想問一下這個問題。）

A 勞布隆托的五官雖然嚴肅，但並不醜喔。既然椎名老師願意畫成美男子，那就當作是真的吧。

Q 杜爾昆哈德駛去蘭翠奈維的船隻，是擅自使用了亞倫斯伯罕的船嗎？還是實際上有亞倫斯伯罕的協助？

A 是有亞倫斯伯罕的協助。

Q 之前說過那位花名在外的公主，與就讀貴族院時曾邀請斐迪南去彈琴的公主，對外是姊妹關係（《FANBOOK3》）。從「對外」這個說法來看，表示兩位都是阿妲姬莎出身的公主嗎？那麼那位花名在外的公主，會不會其實並非自願如此？

A 她是自願的喔。因為若不在畢業前找到結婚對象，就會被送進阿妲姬莎離宮，所以有的公主為了找到對象，行事比較放蕩不羈。

Q 斐迪南在貴族院一起辦過茶會的那位公主是怎樣的人呢？難道有著淡淡的情愫？

A 並沒有男女之情。若是可以，斐迪南一點也不想與對方有往來。偏偏王族的邀請無法拒絕，而他也認為這正好能用來牽制薇羅妮卡。公主則是想親眼看看有幸離開離宮的阿妲姬莎之實，也想知道他離開後過著怎樣的生活。

Q 第五部Ⅲ〈首次參加的表揚儀式〉裡，在被蒂緹琳朵打斷之前，藍斯特勞德本來想對羅潔梅茵說什麼呢？

A 應該是類似於「妳對這項研究還有自己的價值太沒自覺了」這種，提醒王族盯上了她的忠告。

Q 藍斯特勞德會把自己的畫作掛在秘密房間裡，然後偷偷欣賞嗎？

A 想像畫面中他會擺著許多畫到一半的畫作，但不太會擺著完成品呢。畫完的畫作都是隨意擺在一邊。感覺他是因為腦海裡會出現畫面，所以不得不畫，但最美的一幕還是存在於腦海中。

Q 收下斐迪南歸還的披風時，看到披風上不僅有加工過的痕跡，還明顯長年來都在使用，海斯赫崔有什麼感想呢？

A 斐迪南歸還披風一事讓他大受衝擊，所以他根本沒注意到披風上有加工過和長年使用過的痕跡……

Q 戴肯弗爾格領內，知道斐迪南曾飽受薇羅妮卡虐待的人只有海斯赫崔嗎？他又是怎麼知道的呢？

A 不只海斯赫崔。常與他一起行動，也與斐迪南往來密切的見習騎士們，有不少人都知道。再加上想讓斐迪南入贅至戴肯弗爾格時，曾大聲宣傳過。

Q 蒂緹琳朵是薇羅妮卡的外孫女，為什麼海斯赫崔還舉薦斐迪南入贅成為她的夫婿呢？單純是無心之過？他不知道薇羅妮卡、喬琪娜與蒂緹琳朵有血緣關係嗎？

A 因為海斯赫崔不知道她們有血緣關係。他進入貴族院就讀時，喬琪娜已經嫁給了奧伯・亞倫斯伯罕當第三夫人，不會出席領地對抗戰等場合。而蒂緹琳朵是亞倫斯伯罕的下任奧伯。完全沒有交集。

Q比求娶迪塔時，克拉麗莎是為艾倫菲斯特還是為戴肯弗爾格加油呢？

A她同時為戴肯弗爾格與羅潔梅茵加油。「戴肯弗爾格要是贏了，羅潔梅茵大人就會嫁過來！戴肯弗爾格，一定要贏！可是，好想把羅潔梅茵大人精采耀眼的表現烙印在眼底！快把戴肯弗爾格打得落花流水吧！」

Q第五部Ⅴ的〈序章〉裡寫到，喬琪娜因為要進入貴族院就讀，便被禁止再與拜瑟馮斯有往來。那兩人是從什麼時候開始，以怎樣的頻率與方式進行交流的呢？因為年幼的喬琪娜應該沒辦法去神殿見拜瑟馮斯，而拜瑟馮斯為了儀式來城堡的機會也不多，她居然因為要斷絕交流就大鬧一場，很好奇兩人是如何加深交流的呢？

A即便沒有儀式，薇羅妮卡也會以唯一的家人這個理由，邀請拜瑟馮斯來城堡。每當這種時候，兩人會以親族的身分進行交流。另外就是寫信了吧。喬琪娜在練習如何寫字與寫信時，都是寄給拜瑟馮斯。

Q喬琪娜對於拜瑟馮斯除了利害關係外，半點親情也沒有嗎？只當他是好用的棋子而已？

A還是有親情存在的喔。

Q如果齊爾維斯特的魔力量、在貴族院的成績以及辦公能力等等，在手足之間都是遙遙領先，喬琪娜是否就會比較認命，待在和現在波尼法狄斯一樣的位置上，留在領內為領地效勞呢？還是依然無法放棄成為下任領主，仍會採取某些行動？

A倘若齊爾維斯特的能力遙遙領先，他又是認真努力做事的類型的話，即便不到心甘情願，喬琪娜多少也會死心吧。

Q喬琪娜似乎一心只想著要成為奧伯．艾倫菲斯特，那倘若聖典遭竊事件真的成功，也沒有發生冬季的肅清，她是否早就取得基礎了呢？如果她成了奧伯．艾倫菲斯特，艾倫菲斯特與現在的領主一族又會怎麼樣呢？

A若沒有馬提亞斯告密，喬琪娜早已取得基礎。屆時領主一族會被處死吧。說不定因為年紀的關係，只有還沒有名牌的第四個孩子能逃過一劫……但也未必。由於是拿著名牌進行處刑，波尼法狄斯多半無法反擊吧。認真受過下任領主教育的喬琪娜可是非常難對付的。

Q蒂緹琳朵與瑪蒂娜因為感知不到斐迪南的魔力，判定他是魔力不多的領主候補生，但這是亞倫斯伯罕全體貴族的見解嗎？

A是蒂緹琳朵身邊的人的見解。因為若不讓蒂緹琳朵保持好心情，服侍起來會很麻煩。另外也是因為她們沒有蒐集斐迪南的相關資料。如果是與斐迪南同世代，抑或比他年長的人，都知道他曾是獲選為最優秀者的領主候補生，論起魔力量，絕不可能比遲遲無法將基礎染色的蒂緹琳朵低。

Q渥夫勒姆是被第一夫人派的人暗殺的嗎？

A不，並不是。

Q假如萊蒂希雅是在多雷凡赫舉行洗禮儀式，那會以怎樣的身分受洗呢？

A雖然也要看魔力量等因素，但應該能成為領主候補生。

Q賽吉烏斯與斐迪南似乎是同世代，那兩人相差幾歲呢？他結婚了嗎？

A應該比艾克哈特大一歲。有第一夫人。

Q現在這時候，蕊兒拉娣所執筆的第一本書已經完成了嗎？

A在第五部Ⅵ這時候還沒有。因為她想到了貴族院後問問繆芮拉的意見，現在正在做最後衝刺。秋季尾聲，想必是以截稿日就在眼前的心情在寫作。

Q肅清時，貴族與青衣神官們被捕後，是住在怎樣的環境裡？貴族是會提供房間並配有侍從，而青衣神官是被關在牢房裡嗎？

A依罪行而定。而且貴族並不會提供房間還配有侍從，會有侍從統一照料所有人，但不是每個人都配有一名。

Q梅茵總說多莉是我家的天使，這個世界有天使嗎？

A有喔。只不過，艾倫菲斯特的人若聽到天上的使者，會理解為星星的孩子們。

Q《FANBOOK4》的短篇漫畫〈莉絲的選擇〉裡，曾寫到「為蘭海姆製作服裝」，這個蘭海姆是什麼呢？

A是下級貴族的家名。

Q關於尤根施密特的文字。由於說過和「日語的平假名與片假名」以及「宁母的大小寫」一樣，也有兩種文字，但目前只看到其中一種，所以想請問另一種。

A動畫第三季裡約翰將會製作金屬活字。在那之前請耐心稍待。

Q關於小書痴世界的未來，香月老師已經構思到哪種地步了呢？既已確定印刷技術將在尤根施密特流傳開來，可以想見今後將發生不需要魔力的技術革命。是否有朝一日會開發出能源生產技術，用來取代魔力，然後變得更像麗乃原先所在的世界呢？又或者在那之前，就會先被諸神所消滅？

A就算發生了技術革命，尤根施密特還是得有魔力以及向神祈禱才能存在。頂多平民的生活會往麗乃原先所在的世界靠攏，變得更加便利，但不可能一模一樣。

Q對老師來說，設定跟寫起來最開心的角色是誰呢？

A果然還是羅潔梅茵吧。要是這個角色寫起來不開心，我也不可能寫得這麼長。

每次都有的
卷末漫畫
出差版
輕鬆悠閒的家族日常
作畫：椎名優
我們也是懷抱著愛在侍奉羅潔梅茵大人。
沒能擠進本傳第5部VI封面的人們。
我會跟隨艾薇拉大人
我是留下來組
禁止
梅茵，我打算把「愛的傳教士」這個頭銜讓出去。
咦？真的嗎？
不過……他們那樣我實在是贏不過。
今天我與羅潔梅茵大人四目相接了十二次喔。
羅潔梅茵大人呼喊了我的名字十八次。
咦咦？！好羨慕喔!!
羅潔梅茵教教徒
不，當然論起對珂琳娜的愛，
我現在還是有信心不輸給任何人。
哈特姆特、克拉麗莎，禁止你們再稱頌還有讚揚我！
咦咦？！
實在太讓人發毛了！

同感

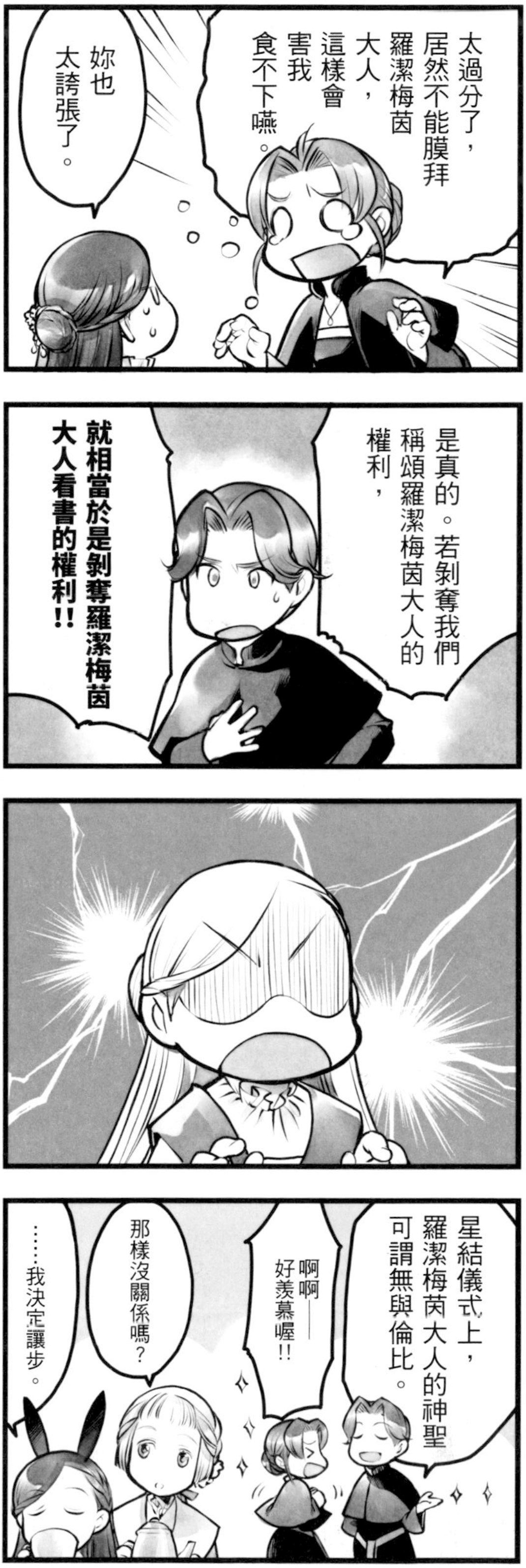
太過分了，居然不能膜拜羅潔梅茵大人，這樣會害我食不下嚥。
妳也太誇張了。
是真的。若剝奪我們稱頌羅潔梅茵大人的權利，
就相當於是剝奪羅潔梅茵大人看書的權利!!
星結儀式上，羅潔梅茵大人的神聖可謂無與倫比。
啊啊——好羨慕喔!!
那樣沒關係嗎？
……我決定讓步。

減輕壓力

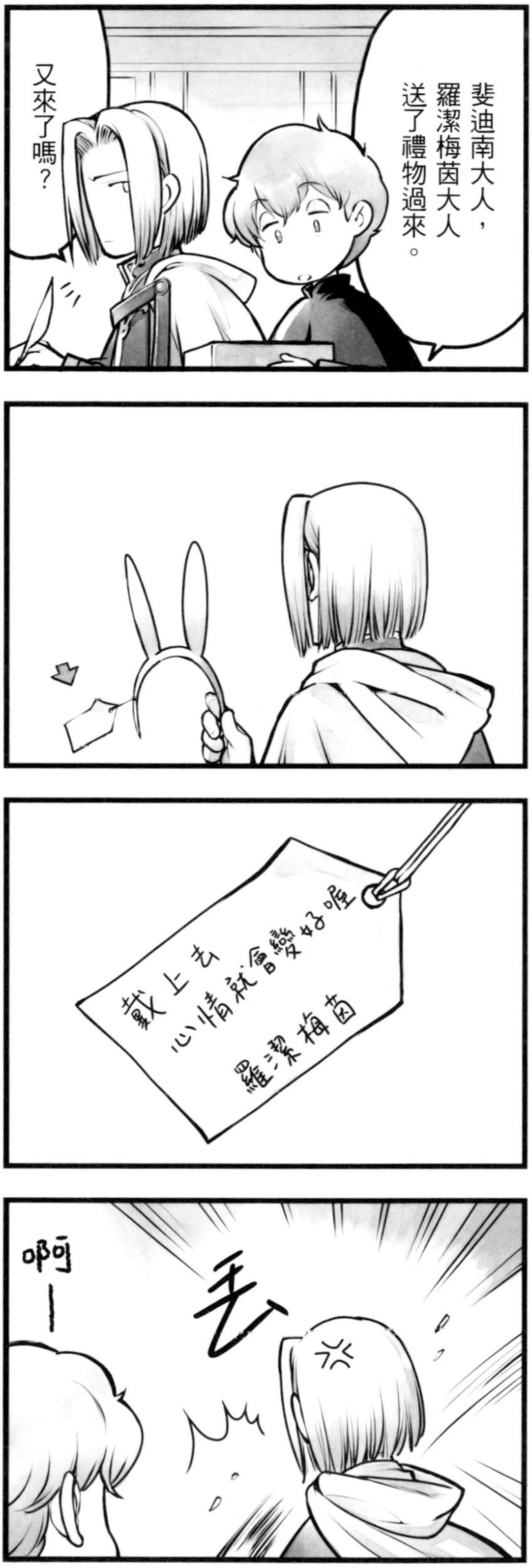
斐迪南大人，羅潔梅茵大人送了禮物過來。
又來了嗎？
戴上去
心情就會變好喔
羅潔梅茵
丟
啊——

作者群留言板

香月美夜

這次試著原原本本地收錄了特別短篇的大綱。
包括整個思考的過程與刪掉的選項，希望大家會覺得有趣。

椎名優

這次是本傳第五部女神的化身Ｖ想像圖。
怎麼感覺羅潔梅茵好像成了星座公主。

鈴華

為廣播劇２繪製配音觀摩漫畫感覺是很久以前的事情了。
每次去廣播劇的錄製現場參觀都很開心。

波野涼

FANBOOK終於也來到了第六集呢。這次也很高興可以參加！
期盼著下次也能繼續參與。

勝木光

大家好，初次見面。我負責第四部的漫畫改編。
短篇漫畫裡有剛成為近侍、幹勁滿滿的哈特姆特，以及已經開始勞心勞力的柯尼留斯，希望大家看得開心！

皇冠叢書第5074種
mild 906

小書痴的下剋上FANBOOK 6
為了成為圖書管理員不擇手段！

本好きの下剋上
司書になるためには
手段を選んでいられません
ふぁんぶっく6

Honzuki no Gekokujyo Shisho ni narutameni ha shudan wo erande iraremasen fan book 6

國家圖書館出版品預行編目資料

小書痴的下剋上FANBOOK. 6, 為了成為圖書管理員不擇手段! / 香月美夜著；椎名優繪；鈴華, 波野涼, 勝木光 漫畫；許金玉譯. -- 初版. -- 臺北市：皇冠文化出版有限公司, 2023.02
面；　公分. -- (皇冠叢書；第5074種)(mild；906)
譯自：本好きの下剋上ふぁんぶっく：司書になるためには手段を選んでいられません. 6
ISBN 978-957-33-3985-4 (平裝)

861.57　　112000021

作者—香月美夜
插畫—椎名優
漫畫—鈴華、波野涼、勝木光
譯者—許金玉
發行人—平雲
出版發行—皇冠文化出版有限公司
臺北市敦化北路120巷50號
電話—02-27168888　郵撥帳號—15261516號
皇冠出版社（香港）有限公司
香港銅鑼灣道 180號百樂商業中心 19字樓 1903室
電話—2529-1778　傳真—2527-0904
總編輯—許婷婷　責任編輯—蔡承歡
美術設計—嚴昱琳　行銷企劃—蕭采芹
著作完成日期—2021年　初版一刷日期—2023年2月

讀者服務傳真專線—02-27150507　電腦編號—562048
ISBN 978-957-33-3985-4
Printed in Taiwan
本書特價—新台幣299元/港幣100元